현대 마도학자

네르가시아 장편 소설

FUSION FANTASTIC STORY

THE MODERN MAGICAL SCHOLAR

현대 마도학자 14

네르가시아 장편 소설

초판 1쇄 찍은 날 § 2015년 9월 1일
초판 1쇄 펴낸 날 § 2015년 9월 8일

지은이 § 네르가시아
펴낸이 § 서경석

편집책임 § 이재림

펴낸곳 § 도서출판 청어람
등록번호 § 제387-1999-000006호
등록일자 § 1999. 5. 31
어람번호 § 제1-2217호

주소 § 경기도 부천시 원미구 부일로 483번길 40 서경B/D 3F (우) 420-822
전화 § 032-656-4452 팩스 § 032-656-4453
http://www.chungeoram.com
E-mail § chungeorambook@daum.net

ISBN 979-11-04-90391-5 04810
ISBN 979-11-316-9243-1 (세트)

현대 마도학자

네르가시아 장편 소설

FUSION FANTASTIC STORY

THE MODERN MAGICAL SCHOLAR

14

현대
마도학자

THE MODERN
MAGICAL
SCHOLAR

CONTENTS

1장

과거를 바꾸기 위한
여정

대륙 남부에 위치한 안트리아 자작령, 레비로스는 자신의 앞을 막아선 정체불명의 마물들과 대치하고 있었다.

"키헤에에에엑…!"

성인 남성보다 훨씬 더 큰 덩치를 가진 거미들은 입에서 요상한 소리를 내고 있었고, 그 뒤에는 인간의 얼굴에 뱀의 몸통을 가진 몬스터들이 혀를 날름거리고 있었다.

레비로스는 카미엘에게 저 몬스터들의 정체에 대해 물었다.

"이봐, 카미엘. 너는 책을 많이 읽었으니 어쩌면 저들의 정

체에 대해 알 것 같은데?'

그는 딱딱하게 굳은 얼굴로 대답한다.

"저 거미들은 셸롭, 뱀의 몸통을 한 괴물들은 라미아겠지."

"라미아라……."

라미아는 원래 아름다운 여성의 얼굴에 뱀의 몸통을 가진 마물로, 자신의 고운 외모로 인간 남성을 유혹하여 잡아먹는 것으로 알려져 있다.

하지만 지금 그들의 앞에 있는 라미아들은 핏기가 전혀 없는 좀비와 같은 얼굴을 하고 있었다.

더군다나, 지금 레비로스의 앞에 있는 라미아들은 성별을 알아보기가 참으로 애매했다.

"최소한 라미아는 아름다운 여성일 것이라고 생각했는데……."

"현실과 설화는 꽤나 큰 거리감이 있어. 저놈들의 외모를 보고 괴리감을 느끼는 것도 무리는 아니지."

"거참, 이 영지에는 제대로 된 것이 하나도 없군."

레비로스와 카미엘은 성기사단과 함께 이곳의 입구에서부터 10만 마리가 넘는 좀비들을 해치우면서 전진했다.

그럼에도 불구하고 내성까진 아예 닿지도 못했으며, 지금은 좀비보다 훨씬 더 골치 아픈 몬스터들과 대치하고 있었다.

심지어 이 많은 몬스터들을 해치우고 나면 성벽 위를 어슬

렁거리고 있는 좀비들까지 상대해야 했다.

한마디로 지금 이들은 몬스터군단과 공성전을 치르게 생긴 것이었다.

마이언트는 레비로스에게 곧 전투를 치러야 한다는 것을 상기시켰다.

"전하, 이제 곧 시작하셔야 합니다."

"알겠습니다."

이윽고 그는 자신의 애병인 대검을 뽑아들었다.

챙!

"전군, 돌격 준비!"

"충!"

성기사단은 일제히 순백색 오라를 뿜어내기 시작했고, 그 오라는 마물들에게 날카로운 자극제가 되어 돌아갔다.

"크르르릉, 크아아앙!"

"꾸오오오오오!"

각양각색의 괴성을 지르며 서서히 달려들기 시작하는 마물들을 보자 레비로스는 지금이 바로 싸울 때임을 깨달았다.

"돌격!"

"와아아아아아아!"

레비로스는 자신이 구사하는 극 파괴력의 검술로 떼를 지어 달려드는 셀롭을 쳐내기 시작했다.

퍼억!

"꾸웨에에엑!"

"죽어라, 이 기분 나쁜 괴물아!"

그는 단 일격에 셀룹을 무려 열 마리나 해치웠다.

성기사단 역시 사정없이 마물들을 쓰러뜨리며 전진했다.

하지만 이들의 전진은 성벽 위에 있던 좀비들로 인해 조금씩 더뎌졌다.

부웅, 퍼억!

"단장님! 성벽 위에 있는 좀비들이 돌덩이를 집어 던집니다!"

"제기랄, 저놈들이 궁수의 역할을 할 줄이야!"

엄청난 숫자의 몬스터들을 해치우는 것도 고역인데, 돌팔매질까지 받으니 하나둘씩 상처를 입기 시작했다.

레비로스 역시 좀비들이 던진 돌덩이에 맞아 온몸 이곳저곳에 멍이 들어 있었다.

"젠장! 이래선 앞으로 돌격을 할 수 없을 텐데……."

더 이상의 전진이 어렵다고 판단한 레비로스는 이내 후퇴를 명령한다.

"일보 후퇴한다! 전선 밖으로 나가 전열을 가다듬어라!"

"예!"

그의 명령에 성기사단이 몬스터들의 영역에서 발을 뺐다.

몬스터들은 그저 물러나는 병사들을 가만히 바라보고만 있었다.

아마도 그들은 자신들의 영역에서 벗어난 인간들은 건드리지 않는 모양이었다.

덕분에 안전하게 전장에서 물러난 레비로스는 다시 막사로 돌아와 전열을 가다듬기로 했다.

*   *   *

1차 전투에서 명백하게 패배한 성기사단은 상처를 치료하는 동안 돌격 방법에 대해 연구하기 시작했다.

카미엘은 방패진을 펼치면서 돌격하자고 말했지만, 그것은 생각처럼 쉬운 일이 아니었다.

마이언트는 차라리 이 전투에 신녀들을 동원하자고 말했다.

신녀는 신탁 기도를 올리면서 성에 거주하는 여인들이다.

평생 순결을 간직하며 살아가기에 그녀들은 일반적인 기사들에 비해 신성력이 월등이 뛰어나며 치유에 탁월한 능력을 가진다. 원래 대륙의 신녀들은 마도학과 연금술이 발전하지 전까지는 마을에서 없어서는 안 되는 절대적 존재로 통하였다.

그러나 연금술과 마도학이 발전하면서 회복포션이나 상처 치료약이 개발되었고, 그때부터 신녀들은 서서히 제야로 몸을 감추게 되었다.

마이언트는 자신이 알고 있는 신녀들의 수장에게 전갈을 띄우자고 말했다.

"전하께서 친필을 써주신다면 기꺼이 전쟁에 참전할 겁니다."

"하지만 그것은 위험한 일입니다. 만약 아바마마께서 이 사건에 대해 알아채신다면 한바탕 난리가 날 겁니다. 신녀들을 동원하는 일이 발각되면 대신관이나 나나 벌을 피할 수 없다는 뜻이지요."

"그렇지만 이곳은 마물들의 소굴이 분명합니다. 명명백백히 모든 것을 밝혀내야 한다는 소리지요."

"흐음……."

레비로스의 부친이자 나르서스 제국의 황제인 유안투스는 성격이 불같기 때문에 조금이라도 불합리한 것이 있다면 가차 없이 칼을 드는 사람이었다.

만약 레비로스가 자신의 마음대로 자작령을 공격한 것을 알게 된다면 반드시 처벌이 내려질 것이다.

그러나 지금 레비로스는 시간이 더 흐르기 전에 과거를 바꾸어야 했다. 신탁은 그를 인도하고 있었고, 지금 그가 이 길을 가지 않는다면 미래는 어떻게 바뀔지 알 수 없었다.

레비로스는 이내 결단을 내렸다.

"…좋습니다. 제가 밀서를 작성하겠습니다. 신녀들을 소집시켜 주십시오."

"현명한 선택을 하신 겁니다."

그는 자신의 할 일을 한 것뿐이지만, 이 일은 제국에 엄청난 파장을 가져다주는 일이 되고 말았다.

*　　　*　　　*

제국의 심장부 나르세우스 황궁.

절대자 유안투스가 머무는 처소의 풍경은 정갈하면서도 단아했다.

유안투스는 청렴을 자신의 신념처럼 여기는 독실한 주신교의 신도인데, 대륙의 주신교의 가장 기본적인 이념이 바로 청렴과 결백이었기 때문에 그는 철저한 원칙주의와 검소함을 몸소 실천했고 황궁 또한 정갈하면서도 단아한 것이다.

또한, 평소의 검소함을 실천하며 살다 보니 자기관리 역시 철저했다.

그는 무려 쉰을 넘긴 나이임에도 불구하고 주름과 군살이라곤 아예 찾아볼 수가 없다.

이토록 자기 자신을 항상 극한으로 밀어붙이는 황제이지만, 정치는 오로지 중립을 고수했다.

제국의 문벌과 군벌세력 둘 사이에서 그 중심을 유지하고 있는 사람이 바로 황제 유안투스이며, 그의 신념은 지금까지 한 번도 흔들린 적이 없었다.

그런데 오늘, 그의 귓전에 중립외교를 단숨에 망쳐버리는 소리가 들려오고 말았다.

처소 중앙에 위치한 탁자에 앉은 유안투스는 제국군 총사령관인 제리우스 후작의 보고를 받았다.

"그러니까… 경의 말에 따르자면 지금 그놈이 남부에서 전쟁을 조장하고 있다는 소리인가?"

"그러하옵니다. 폐하."

"그것도 성기사단을 선동하여?"

"예, 폐하."

덤덤하게 황태자의 전쟁소식을 접하고 있었지만, 그의 심경에는 엄청난 변화가 찾아오고 있었다.

평소엔 아예 표정을 찾아볼 수 없는 황제의 이마에 실핏줄이 조금씩 불거져 나오고 있었던 것이다.

제리우스 후작은 황제 유안투스를 20년간이나 수행해온

사람으로서, 지금 그가 어떤 상태인지 잘 알고 있었다.

그렇기 때문에 더 이상 아무런 충언도 올리지 않았다.

가만히 생각에 잠겨 있던 황제가 이내 입을 열었다.

"…놈을 잡아오라."

"하지만 아직 전쟁이 끝나지 않아 소식을 전하긴 힘들 것이옵니다."

"흠, 그렇다면야……."

유안투스는 자신의 책상 옆에 놓여 있던 양피지에 친필로 서신을 작성하기 시작했다.

그리곤 그 마지막에 황제의 인장을 찍어 서식을 완성시켰다.

"이것을 태자에게 전하라."

"황명을 받드나이다."

부복을 한 채 서신을 받아든 제리우스 후작은 그 안에 어떤 내용이 들어 있는지 알 수는 없다.

아마 이것을 직접 전하고 나서야 그 내용을 확인할 수 있을 것이다.

제리우스는 서신을 받아들고 대륙 남부로 향했다.

*　　　*　　　*

제국령 5개의 신전에서 모여든 신녀의 숫자는 대략 500명, 여기에 일반 사제들까지 전쟁에 참가했다.

레비로스의 친서를 받은 대주교들이 아낌없는 지원을 보내왔던 것이다.

신녀들의 수장은 중앙신전의 대신녀로, 수도에서부터 병사들의 감시망을 피해 내려왔다고 했다.

신관들 역시 병사들의 감시망을 피해 다니느라 행색이 아주 말도 아니었다.

레비로스는 그런 그들을 아주 따뜻하게 맞이했다.

"먼 길을 오시느라 수고들 많으셨소."

"별말씀을요. 이 모든 것이 주신과 대륙을 위하는 일인데, 당연히 저희들이 참전해야지요."

아직 어린 레비로스이지만 이곳에 모인 누구도 그의 나이나 연륜에 대해 언급하는 사람은 없었다.

이제 막 성년이 된 그를 따른다는 것이 쉽지 않은 일일 테지만, 그들은 기꺼이 그에게 목숨을 바친 것이다.

중앙신전 대신녀 라마엘르는 레비로스에게 검을 한 자루 건넸다.

"받으시지요."

"이게 뭡니까?"

"대신관께서 보내주신 검입니다."

그녀가 건넨 검은 폭이 무려 40㎝에 이르는 대검이었다.

길이는 2m에 검의 손잡이에는 사람의 어깨에 줄을 연결할 수 있도록 안전고리와 패드가 덧대어져 있었다.

푸른색 검신에는 아무런 장식도 없었고, 오로지 단 하나의 인장만이 박혀 있었다.

가만히 검을 바라보던 레비로스가 화들짝 놀라며 외쳤다.

"이, 이것은 대천사의 검?!"

"예, 그렇습니다. 비상하는 매가 그려진 푸른색 대검, 대천사 미카엘의 검입니다."

"허, 허어!"

대천사 미카엘의 검은 주신교 중앙신전의 보물로써 미카엘의 반지, 대천사의 나팔과 함께 3대 신물로 불린다.

사학자들은 이 검으론 결코 전투를 치를 수 없을 것이라고 장담했는데, 이 검은 인간이 사용하기엔 부적합했기 때문이다.

무려 인간보다 훨씬 더 큰 검을 휘두를 수 있는 사람이 존재할 수 없다고 생각했던 것이다.

그러나 레비로스는 오로지 강력한 파괴력만을 위한 검술을 익힌 사람이다.

성년이 되고나서부터는 두 손으로 150㎏에 달하는 철을 마음대로 휘두를 수 있게 되었다.

이것은 그가 카미엘과의 대련에서 패배했을 때부터 수련한 결과이며, 대륙의 그 어떤 사람도 흉내 낼 수 없는 것이었다.

레비로스는 어깨 보호대를 착용한 후, 그 위에 고리를 연결하여 검을 들었다.

철컥!

"후우, 무겁군."

바로 그때였다.

그가 검을 장착하자마자 검신에선 이제껏 볼 수 없었던 금빛 문양이 서서히 그 모습을 드러내기 시작했다.

우우우웅―!

"어, 어어…?"

신성력의 결정체인 미카엘의 대검은 신묘한 능력을 가진 무기로 알려져 있다.

전설에 의하면 미카엘의 대검이 검의 진정한 주인을 만나면 그 안에 들어가 있던 신령이 깨어나 각성하게 된다.

이 현상은 대천사 미카엘의 검이 레비로스를 주인으로 선택했다는 소리였다.

각성한 대검을 바라보며 성기사단과 신녀들, 그리고 신관들까지 모두 그의 앞에 부복했다.

촤라락!

"교황이시여!"

"교, 교황?"

"대천사 미카엘의 검은 교황을 상징하는 물건입니다. 초대 교황께선 자신의 후계자를 정하지 않은 채 돌아가셨지만, 언젠가 검의 주인이 나타나면 그가 교황이 될 것이라고 하셨지요."

나르서스 제국은 원래 제정분리사회였으나 교황의 권력이 점점 팽배해지면서 주신교는 스스로 교황이라는 직함을 없애버렸다.

이것은 초대교황이 만들어놓은 암묵적인 룰이었고, 그로 인해 주신교는 서서히 그 권력을 잃어갔던 것이다.

하지만 그는 자신이 죽고 난 후, 언젠가는 다시 교황이 필요할 날이 찾아올 것임을 예언했다.

그리고 그 예언은 레비로스에 이르러 적중하게 된 것이었다.

비공식적이긴 하지만 이곳에 모인 사람들은 레비로스를 교황으로 인정하게 되었다.

아마 이들은 신탁의 내용을 서서히 인지하면서 리더를 찾고 있었을 것이다.

그런 가운데 지금과 같은 일이 벌어졌으니, 당연히 그를 교황으로 모시려 할 것이 분명했다.

다만, 그가 교황이 되면 황제의 직위를 포기해야 하는 사태가 벌어질 수도 있다.

분명 문벌들은 황제가 교황직위를 겸하여 제국이 신성제국으로 도약하는 일을 가만히 지켜보지는 않을 것이기 때문이다.

하지만 지금은 그런 사소한 문제까지 신경 쓸 겨를이 없다.

"아직 교황은 아니지만, 그대들의 수장으로서 명령하겠다. 함께 신탁을 따라 악의 무리를 처단하자."

"명을 받듭니다!"

이윽고 레비로스는 자신의 군마 위에 올랐고, 그의 성스러운 군대는 안트리아 자작령 깊은 곳으로 향했다.

*　　　*　　　*

레비로스를 주축으로 모인 3만의 군세와 2천의 신녀, 신관들은 몬스터들이 득실거리는 안트리아 자작령 영주성 앞에 섰다.

이제 외성을 공략하여 이 안에서 과연 무슨 일이 벌어지고 있는지 알아볼 차례가 온 것이다.

레비로스는 금빛으로 빛나는 미카엘의 대검을 뽑아들었다.

챙!

"전군, 돌격대기!"

"충!"

병사들은 돌격을 위한 자세를 취했고, 신관들과 사제는 일제히 신성력의 눈부신 오라를 뿜어내기 시작한다.

우우우우웅—!

그 빛은 전 병력을 감쌌고, 병사들은 이제 더 이상 부상의 위험에 노출되지 않을 수 있었다.

이제 레비로스는 자신의 대검을 뽑아들었고, 그의 대검 역시 눈부신 빛을 뿜어내기 시작했다.

화아아아악!

그리고 그 빛은 병사들의 몸에 얇은 보호막을 형성했는데, 그 안에 들어간 이들은 신체능력이 비약적으로 상승했다.

"모, 몸이 가벼워졌습니다!"

"이, 이게 무슨……."

레비로스 역시 지금 무슨 일어난 것인지 알 수가 없었지만, 미카엘의 검이 가진 고유능력이라고 이해했다.

"역시 신물은 달라도 다르군."

그런 그는 이제 진짜 전투를 치르기로 결심했다.

챙!

"돌격!"

"와아아아아아아!"

일전에 치렀던 전투와는 비교도 할 수 없을 정도로 강력한 전력이 되어 돌아온 성기사단은 사납게 이를 드러낸 셀룹과 라미아들을 사정없이 도륙했다.

퍽퍽퍽!

"신의 이름으로!"

"쿠웨에에에엑!"

성기사단이 돌진하자마자 성벽에서는 좀비들이 집어던지는 돌덩이들이 날아왔지만, 병사들의 몸에 닿자마자 가루가 되어 흘러내렸다.

신관과 사제들이 만들어낸 방어막이 돌멩이의 공격을 막아낸 것이다.

덕분에 돌멩이는 신경 쓰지 않게 된 성기사단은 외성벽 해자까지 돌격할 수 있었고, 굳게 닫혀 있던 문을 단숨에 돌파해냈다.

쿵쿵! 콰앙!

"문이 뚫렸다! 내성으로 돌입하라!"

"와아아아아!"

"신의 이름으로!"

레비로스는 자신의 앞에 있던 좀비 떼에게 신성력의 파동을 일으켰다.

"허업!"

콰앙!

그의 일격에 무려 백 마리가 넘는 좀비가 눈 녹듯이 사라졌고, 그 위에는 눈부신 흰색 기운만이 가득했다.

"이, 이것이 바로……."

미카엘은 대천사의 기운을 대검에 불어넣었고, 그 능력은 인간이 감히 상상하기 어려울 정도로 엄청난 것이었다.

좀비나 셀룹 따위가 넘볼 수 있는 힘이 아니라는 소리였다.

레비로스의 엄청난 파괴력과 성물이 만나니, 전세는 순식간에 역전되어 몬스터들이 추풍낙엽처럼 없어지기 시작했다.

"한 놈도 남기지 말고 처단하라!"

"명을 받들겠습니다!"

전투 시작 40분 만에 몬스터는 한 마리도 남지 않게 되었고, 성기사단은 안정적으로 성벽 안으로 진입할 수 있었다.

＊　　＊　　＊

외성을 지나 성벽 안쪽으로 들어선 레비로스는 안트리아 자작령의 분위기가 마치 죽은 자들의 도시와 같다는 것을 알 수 있었다.

하늘 위에 해는 찾아볼 수조차 없었고, 대지는 이미 연한 보랏빛으로 물들어 있었다.

식물은 하나같이 생기를 잃어 앙상한 가지만 남아 있었으며 바람은 차갑기 그지없었다.

또한, 도시의 어느 곳에서도 사람의 흔적을 찾아볼 수가 없었다.

성기사단은 안트리아 자작령 곳곳을 돌아다니며 멀쩡한 사람을 찾아보았지만 아예 주거의 흔적조차 찾아볼 수가 없었다.

처음 이곳을 방문하는 사람들은 안트리아 자작령이 귀곡성(鬼谷城)이라고 착각할 정도였다.

"아무래도 영지에 무슨 일이 벌어졌던 것이 틀림없습니다. 남부 최대의 도시인 안트리아 자작령이 이런 꼴이 되어버렸다니……."

"좀 더 안쪽으로 이동하여 군영을 구축하고 안트리아 자작의 영주성으로 돌입하도록 하시죠."

"예, 전하."

아직까지 교황으로 정식 추대된 것은 아니기 때문에 레비로스의 신분은 황태자였다.

성기사들은 황태자의 명령에 따라 외성을 지나 내성으로

향했다.

그런데 외성에서 내성으로 향할수록 먹구름은 조금 더 진해져 갔으며, 심지어는 땅의 색까지 회색으로 변해 있었다.

레비로스는 이 현상이 무엇인지 잘 알고 있었다.

'도시가 죽어가고 있다. 이것은… 언데드의 도시와 비슷해.'

이곳의 풍경은 그가 지구에서 보았던 풍경과 같았으며, 이런 환경에서는 시신들이 부활하여 돌아다녀도 전혀 이상할 것이 없었다.

어쩌면 안트리아 자작은 마족에게 매수당하여 영지 전체를 언데드의 소굴로 만들어 버렸는지도 모를 일이었다.

안트리아 자작의 영주성 앞.

성기사단은 이곳에 진을 치고 병력의 1/10만 영주성 안으로 진입하기로 했다.

그리고 나머지 병력은 숙영지에 머물면서 피로를 풀고 혹시나 모를 몬스터들의 습격에 대비하기로 했다.

레비로스는 마이언트 성기사단장과 함께 3천의 병력을 동원하여 영주성 안으로 돌입했다.

그는 병사들로 하여금 굳게 닫힌 영주성의 문을 억지로 열기로 했다.

"하나, 둘, 셋!"

콰앙!

공성망치를 이용하여 영주성의 문을 열어낸 그는 비릿한 피 냄새에 눈살을 찌푸렸다.

"이건……."

"사람이 한둘 죽어나간 것이 아닌 것 같습니다. 입구에서부터 이런 냄새가 난다니, 학살이 자행되었던 것이 분명합니다."

이윽고 그들은 영주성의 중앙 로비에 들어섰는데, 원래 로비를 밝히고 있어야 할 촛불은 하나도 켜져 있지 않았다.

또한, 로비의 바닥에 깔려 있던 양탄자에는 인간의 것으로 보이는 혈흔으로 가득했다.

레비로스는 중무장한 병사들과 함께 로비를 지나자 총 네 갈래로 나누어지는 별관이 나왔다.

병력을 네 갈래로 나누어 수색하기로 한 레비로스는 중앙 별관으로 병사들을 이끌었다.

"방이 있는 곳은 정밀수색하면서 영주성의 후원까지 이동한다."

"예, 전하!"

성기사단은 일렬로 늘어선 복도로 진입했는데, 이곳에서는 한층 더 지독한 혈향이 풍겨오고 있었다.

그런데 중요한 것은 이 피 냄새가 그리 오래된 것 같지는 않다는 것이었다.

레비로스는 가장 첫 번째 방문을 열었는데, 이곳에는 죽은 지 얼마 안 된 시신 몇 구가 방치되어 있었다.

그는 병사들과 함께 시신을 살폈다.

창백한 얼굴의 여인에게 다가간 레비로스는 우선 그녀의 맥박이 뛰는지 확인해봤다.

하지만 그녀의 몸은 싸늘하게 식어 있다.

"…사망했군."

이윽고 그는 그녀가 어떻게 죽었는지 확인해 보았지만, 특별한 상처는 발견할 수 없었다.

그러나 바로 그때, 그에게 한 병사가 말했다.

"전하, 이곳을 좀 봐주셔야겠습니다."

"무슨 일인가?"

"팔과 목에 이빨 자국이 있습니다. 아니, 송곳으로 구멍을 뚫은 것 같기도 합니다."

"구멍?"

레비로스는 그가 발견한 시신으로 바짝 다가섰고, 병사가 가리킨 부분을 면밀히 살폈다.

그러자, 시신의 몸에서 분명 송곳으로 구멍을 뚫은 듯한 자국이 보였다.

그 구멍 앞은 붉은 반점이 난 것처럼 빨갛게 부어올라 있었고, 혈관은 상당히 수축되어 있었다.

"피를 추출 당했군."

"그렇다는 것은……."

"아무래도 이들은 흡혈귀의 먹이가 되었던 것 같아. 그것도 한두 번 빨린 것이 아닌 모양이야."

언데드에 속하는 뱀파이어는 신선한 인간의 피를 주식으로 삼는데, 그 신체능력이 가히 상상을 초월한다.

그들의 수장은 드레드 로드, 화수가 마늘즙을 이용하여 먼지로 만들어 버렸던 마족이다.

레비로스는 서둘러 이곳의 정체를 밝히지 않으면 점점 더 일이 커질 것 같다는 생각이 들었다.

"수색의 속도를 조금 더 높여라! 아무래도 이 안에는 생각보다 훨씬 더 위험한 마족이 살고 있는 것 같다!"

"예, 알겠습니다!"

성기사단은 이내 복도를 따라 신속히 이동하기 시작했고, 레비로스는 그들을 이끌고 한 층 더 아래로 내려갔다.

*　　　*　　　*

영주성은 총 15층 구조로 이뤄져 있는데, 지상으로 12층이 있고 지하로 3층이 더 있었다.

지금 레비로스가 있는 곳은 지상 3층. 병사들의 병장기와 영주성에 필요한 농기구들을 보관하던 곳이다.

하지만 지금 이곳에는 병장기들과 농기구들은 전혀 찾아볼 수가 없었으며, 병장기가 있어야 할 곳에는 시신들만 가득했다.

"아주 시신 창고가 따로 없군……."

"…그러게 말입니다."

도대체 언제부터 시신이 이곳에 있었는지 알 수는 없지만, 3층 전체에 아주 역한 시체 썩는 냄새가 진동하고 있었다.

그런데 이상한 것은 시신의 상태가 이상하리만치 좋다는 것이었다.

"시신을 일부러 부패하지 않도록 조치를 취해놓은 것일까요? 술에 사람을 담가 놓으면 썩지 않는다고 들은 것 같습니다."

"흠……."

병사들의 말처럼 시신은 거의 죽었던 모습 그대로를 유지하고 있는 것 같았지만, 냄새는 상당히 오랜 시간 방치된 것으로 보였다.

그렇다는 것은 누군가 일부러 시신을 저장하고 있다는 소리였다.

"안트리아 자작이 영지민을 잡아 죽인 후에 어떤 이유에서 그들을 저장한 것인가?"

"만약 그게 사실이라면 그는 인간의 탈을 벗어버린 것이군요."

지금까지 그들이 지상 3층까지 오는데 본 시체만 해도 족히 5천 구는 넘어 보였다.

아직 영주성의 1/3도 채 올라가지 않았다는 것을 감안하면 시신은 아무리 못해도 다섯 배는 될 터였다.

"안트리아 자작은 학살자가 되어버린 모양이군."

"서둘러야 할 것 같습니다."

"내 생각도 그러하네."

레비로스는 병력들을 이끌고 다음 층으로 이동하려 재정비의 시간을 갖기로 했다.

하지만 바로 그때, 그의 눈을 의심하는 일이 벌어지고 만다.

땡땡땡!

건물 전체에 종소리가 울렸고, 그와 함께 복도의 모든 문이 열리기 시작했다.

탕탕탕탕!

그리고 그 안에선 방금 전 죽었다고 생각했던 시신들이 멀쩡한 사람으로 다시 태어나 걸어 나왔다.

"…싱싱한 먹이들이 알아서 걸어 들어왔군."

"뱀파이어?!"

"크하아아아악!"

창백한 얼굴의 뱀파이어들이 레비로스와 그의 군사들을 향해 이빨을 들이밀었고, 병사들은 일제히 방어진을 형성했다.

"방패진!"

촤라라락!

하지만 뱀파이어들은 그들의 방어진을 교묘히 피하며 마치 거미처럼 벽을 타고 기어 다녔다.

샤샤샤샤샤샥!

"이, 이런 미친……?!"

"캬하하하하! 네놈들의 피를 빨아 마셔주겠다!"

몇 마리의 뱀파이어들이 방어진 안으로 기어들어왔으나, 이내 레비로스의 대검에 몸이 두 동강으로 갈라져 버렸다.

서걱!

"끼헤에엑! 반으로 잘렸군!"

"허, 허어!"

허나 몸통이 잘린 뱀파이어들은 그대로 나누어진 몸통과 다리를 이용해 걸어 다녔고, 성기사단은 그런 놈들을 옆으로 치워놓은 후에 계속해 사냥을 이어나갔다.

레비로스는 방패진을 이용하여 퇴로를 확보하기로 했다.

"창문 쪽으로 붙어 방패진을 펼쳐라! 이곳에서 뛰어내려 본대와 합류한다!"

"예, 알겠습니다!"

이윽고 레비로스는 대검으로 창문을 때려 부수었다.

쨍그랑!

"어서 뛰어내려! 차례대로 뛰어내린다!"

"예, 알겠습니다!"

병사들은 하나 둘 창문을 향해 몸을 날렸고, 안전하게 1층 정원에 안착할 수 있었다.

그렇게 점점 인원은 줄어들었고, 마침내 이곳에는 레비로스 한 사람만이 남게 되었다.

그는 병사들이 모두 사라진 것을 확인한 후, 아주 크게 검을 한 번 휘둘렀다.

"죽어라!"

콰앙!

"끄헤에에엑!"

"괴, 괴물이다!"

레비로스는 회심의 일격으로 뱀파이어들과의 거리를 벌려 놓은 후, 곧장 아래로 뛰어내렸다.

팟!

그러자, 레비로스를 따라서 꽤 많은 숫자의 뱀파이어들이 1층으로 낙하를 시도했다.

"캬하하하! 잡아라!"

하지만 놈들은 레비로스를 잡을 수 없었다.

그들이 떨어질 때 성수와 신성력이 담긴 화살이 날아왔고, 그 화살에 즉사했기 때문이다.

핑핑핑핑!

"크하아아아악! 서, 성수?!"

"쏴라! 쉬지 말고 놈들에게 신성력을 퍼붓는 것이다!"

성기사단의 파상공세로 뱀파이어들은 다시 건물 안으로 들어가 버렸다.

2장

숨겨진 진실

　레비로스의 군대는 1층을 시작으로 영주성에 쌓여 있던 시신들을 불태우며 10층까지 단번에 이동했다.

　화르르르륵!

　"끼야아아아악!"

　"화살을 퍼부어라!"

　핑핑핑핑!

　그는 방에 불을 지른 후 성스러운 기운이 담긴 화살과 투창을 발사하여 뱀파이어들을 사냥하는 방식으로 영주성을 점령해 나갔다.

10층까지 오는 동안 레비로스는 무려 5만에 달하는 뱀파이어와 좀비를 태워 죽였다.

아마도 이곳에 모인 시신은 거의 모든 영지민을 끌어모은 것으로 보였다.

한마디로 안트리아 자작은 자신의 영지에 단 한 명도 없을 때까지 뱀파이어들을 생성했던 것이다.

지독하게 많은 뱀파이어를 태워죽이며 11층으로 올라가는 길, 레비로스는 사람이 들어 있을 법한 마지막 방의 앞에 멈추어 섰다.

"다락방입니다. 문이 굳게 닫혀 있지만, 공성망치를 이용하면 쉽게 문을 열 수 있을 겁니다."

"열게."

"예, 전하."

이윽고 병사들은 공성망치를 가지고 와 문을 두드리기 시작했다.

쿠웅— 쿠웅— 콰앙—!

굳게 닫혀 있던 문이 공성망치질 몇 번에 열렸다.

그 안에는 피비린내가 아닌 시큼한 식초냄새가 진동했다.

"킁킁, 이게 도대체 무슨……."

병사들은 아주 익숙한 냄새에 인상을 찌푸렸고, 레비로스는 그 냄새가 무엇인지 금방 알아챘다.

"사람?"

바로 그때, 방구석 한 귀퉁이에서 거지꼴을 한 사내가 모습을 드러낸다.

"으, 으으으으, 으으으! 사, 사람 살려!"

자신의 머리와 가슴에 성호를 그리며 신을 부르는 그에게 레비로스가 다가가 물었다.

"살아 있는 사람인가? 아니면 죽어 다시 태어난 언데드인가?"

순간, 그는 자신의 정체를 묻는 레비로스를 바라보다 이내 자리에서 벌떡 일어선다.

"서, 성기사?! 사제?!"

"그렇다. 우리는 성기사단이다. 이곳을 악에서 구하기 위해 모였지."

"아이고, 감사합니다! 신께서 저를 도와주신 모양입니다!"

마치 사막에서 오아시스라도 발견한 것처럼 그 자리에서 방방 뛰는 그에게 성기사들은 의심 깊은 눈초리를 보냈다.

"확실히 사람이오?"

"무, 물론이지!"

"그걸 어떻게 증명할 것이오? 혹시라도 새로운 형태의 마족이라면 우리가 당할 텐데."

"그, 그건……"

바로 그때, 마이언트가 자신의 옆구리에 있던 성수와 대거를 꺼내든다.

"팔에 자상을 내고 그 안에 성수와 신성력을 불어넣으면 알 일이네. 언데드라면 팔이 썩어 들어가겠지."

"그렇군요. 알겠습니다."

마이언트는 사내의 팔에 자상을 낸 후, 그 안에 성수와 함께 신성력을 흘려보냈다.

우우우웅!

하지만 그의 몸은 아무런 미동도 보이지 않았다.

"음……. 기분이 묘하긴 하지만 나쁘지는 않군요."

"좋아, 이 사람은 정상이다. 혹시 가지고 있는 식량이 있다면 이 사람에게 나누어주게."

"예, 알겠습니다."

병사들은 자신의 품에 잘 갈무리하고 있던 비상식량들을 꺼내어 생존자에게 건네주었다.

말린 육포에 딱딱한 건빵이 전부였지만, 그는 걸신들린 사람처럼 그것을 먹어치우기 시작했다.

"우걱, 우걱… 으, 으음! 이, 이게 얼마만의 식량이야?!"

레비로스는 그에게 물병을 건네며 물었다.

"이곳에서 도대체 무슨 일이 있었기에 이 꼴로 갇혀 있었던 것인가?"

"…끔찍한 일이 있었지요."

그는 레비로스의 질문에 대답하기 힘들다는 듯이 고개를 떨구었다.

레비로스는 그런 그에게 시간을 주기로 했다.

"일단 이곳에서 나가 목욕도 하고 밥도 먹으면서 몸을 회복시키도록 하게. 그 이후에 어떤 일이 일어난 것인지 알아보도록 하지."

"고맙습니다……."

이윽고 레비로스는 병사들을 이끌고 지상으로 내려갔고, 마이언트는 남은 13층까지 모두 수색한 후에 그를 따르기로 했다.

*   *   *

안트리아 자작령 외성, 이곳에는 3만 2천의 군세가 천막을 치고 주둔지를 편성하고 있었다.

일반인들이 살던 가옥은 어떤 일이 벌어질지 알 수가 없어 건드리지 않았던 것이다.

영주성 11층에서 발견된 사내는 가옥은 사용해도 된다고 말했다.

그 증거로 가장 먼저 그가 여관에 자리를 잡고 들어가 숙소를 편성하고 목욕재개를 마쳤다.

　말끔하게 면도까지 마친 그가 레비로스의 앞에 모습을 드러냈을 때엔, 완전 다른 사람이 되어 있었다.

　덥수룩하던 수염과 헝클어진 머리를 정리하고 나니, 사내는 꽤나 중후한 멋이 나는 사람이었다.

　자신을 영주성 총 집사라고 소개한 로버트는 여관에서 구한 술을 마시며 레비로스에게 자초지종을 설명했다.

　"한 5년 전인가? 영지에 수상한 일이 벌어지기 시작했습니다. 밤만 되면 젊은 여자들과 아이들이 하나둘씩 사라졌던 것이지요."

　"그 사람들이 바로 지금 영주성에 머물고 있는 마물들이었다는 소리군?"

　"예, 그렇습니다. 그 사람들은 멀쩡히 잘 자고 있다가 정체도 모르는 이에게 끌려가버린 것이었지요."

　그는 당시를 떠올리자, 오금이 저린다는 듯이 몸을 떤다.

　"안트리아 자작은 자신이 애지중지하던 영지민을 마구잡이로 잡아들였습니다. 그것도 군사들이 아닌 뱀파이어들을 이용해서 말입니다."

　"흐음……."

　"처음에는 밤에만 돌아다니던 뱀파이어들이 어느 순간부터 대낮에도 돌아다니기 시작했습니다. 어느 샌가 영지에는 햇빛이 들지 않기 시작했거든요."

"아예 사람이 살 수 없는 환경으로 변해버린 모양이군."

"예, 그렇습니다. 식물이 자라지 않는 것은 물론이요, 아예 물 한 방울 없는 사막 아닌 사막이 되어버린 것이지요. 그럼에도 불구하고 납치는 계속되었습니다. 처음에는 100명, 그 다음에는 1,000명, 그 다음에는 10,000명이 한꺼번에 사라졌지요. 모든 영지민이 사라지는데 걸린 시간은 불과 한 달, 그 이후에는 이 영지가 아예 사람이 살지 않는 뱀파이어 소굴이 되어버렸습니다."

레비로스는 아직까지 멀쩡히 살아 있는 그를 바라보며 고개를 갸웃거린다.

"그럼 자네는 어떻게 생존할 수 있었던 것이지?"

"그건……."

"천천히 하게."

"가, 감사합니다."

로버트는 괴롭다는 듯이 술을 한 잔 넘긴 후에 말을 잇는다.

꿀꺽!

"저는 총 10명의 자녀와 며느리, 사위들을 가지고 있었습니다. 그들과 함께 영주성에 머물며 함께 집안일들을 처리했지요. 대소사는 물론이고 기일이 되면 추도식까지 진행했습니다. 자식들이 함께 일하니, 붙어 지내는 것은 당연지사였습니다. 사건이 터지던 시기에도 저희는 함께 영주성 깊숙한 곳에 숨어서 지냈습니다. 하지만 1년, 2년이 지나면서 영주성에 남아 있던 식량이 떨어졌지요. 그래서 자식들은 저를 대신해 먹을거리를 구하러 나갔고, 결국에는 돌아오지 못했습니다."

"그럼 자네는……."

"꼴에 집안 어른이라고 저를 끝까지 성에 두었습니다. 그 결과, 3년째 되는 순간에는 제 곁에 아무도 남지 않게 되었지요."

"…뭐라 할 말이 없군."

로버트는 끝내 눈물을 흘리고 만다.

"흑흑……! 자식들보다 제가 먼저 가는 것이 삶의 유일한 목표였는데……."

자식을 먼저 보낸 부모의 마음이야 이루 말할 수조차 없었을 것이며, 홀로 살아남은 공포감과 상실감 역시 참을 수 없었을 터였다.

"원래대로라면 저는 이미 스스로 목숨을 끊어야 했을 겁니다. 하지만 맹주님이 나타나시면서 다시 살 생각이 들었지요."

"희망을 찾았다니, 다행이군."

레비로스는 이 모든 사단을 일으킨 안트리아 자작의 행방을 물었다.

"그나저나 자작은 어디에 있나? 그 역시 이미 죽었나?"

"아닙니다. 그는 지금 지하 3층에 머물고 있습니다. 들리는 소문에 의하면 괴물이 되었다고도 하고, 뱀파이어가 되어 사람의 피를 빨아먹고 있다고도 했습니다."

"흠……."

그의 얘기로 미뤄보았을 때, 이미 안트리아 자작은 마족의 수하가 되었거나 언데드의 일원이 되어버렸을 가능성이 높았다.

그렇다는 것은 안트리아 자작을 찾아내는 것이 이번 사건의 실마리를 푸는 열쇠가 된다는 소리였다.

레비로스는 그의 증언에 따라 지하 3층으로 내려가기로 했다.

"지금 즉시 병사들을 편성해서 3층으로 내려가겠네. 지도를 구해줄 수 있는가?"

"그렇긴 합니다만, 상당히 위험한 길이 될 겁니다. 아마도 그곳에는 흡혈귀들이 지금보다 더 많이 포진해 있을 테니까요."

"괜찮네. 지도만 구해 주게나."

"좋습니다. 하지만 한 가지 부탁이 있습니다."

"말하게."

"저를 데리고 가주십시오."

순간, 레비로스는 고개를 갸웃거린다.

"자네에겐 끔찍한 곳일세. 그런데 굳이 가겠다고 하는 것은 무슨 연유인가?"

"제가 살아남은 것은 맹주를 모시기 위함인 것 같습니다. 제가 성을 안내하면서 돕도록 해주십시오. 그것이야말로 자식들의 죽음이 헛되지 않도록 하는 유일한 길인 것 같습니다."

간절한 눈빛의 로버트, 레비로스는 흔쾌히 고개를 끄덕였다.

"그런 연유라면 당연히 동행해야지."

"감사합니다!"

"세 시간 후에 출발하겠네. 천천히 차비하게나."

"예, 맹주님!"

이제 레비로스는 악의 근원지를 향해 다시 진군을 시작했다.

*　　　*　　　*

영주성 지하로 향하는 길, 스산한 분위기가 물씬 풍겨오고 있다.

레비로스는 좁은 길목임을 감안하여 병사들을 약 10m가량 거리를 두고 진군했는데, 혹시 모를 위협에 대비하기 위함이었다.

병사들이 너무 다닥다닥 붙어 길을 걷다 보면 유사시에 대처할 수 있는 능력이 떨어지기 때문이다.

카미엘은 끝도 없이 펼쳐진 시체들의 향연을 바라보며 연신 고개를 가로저었다.

"…정말이지 눈을 뜨고 볼 수 없을 정도로 악독한 짓거리를 해놓았군."

아무리 인간의 탈을 쓴 악마라곤 하지만, 사람을 이렇게 잔악하게 죽여놓은 것은 도저히 이해를 할 수가 없었다.

이곳에 있는 시체들은 하나같이 뇌가 터져 있거나 창자가 튀어나와 바닥으로 흘러내려 있었다.

만약 피를 빨아먹거나 인육을 즐긴다면 이렇게까지 잔악하게 사람을 죽일 필요는 없었을 것이다.

또한, 안트리아 자작은 사람을 산채로 해부하여 그 내부를 휘젓고 다니는 것을 즐겼다고 한다.

한마디로 그는 사람이 고통 속에 죽어가는 것을 즐기는 진짜 악마였던 것이다.

레비로스는 고개를 돌려 시체더미에 가로막힌 거대한 문을 바라봤다.

"이곳이 끝인 모양이군."

그는 집사 로버트가 준 지도를 가지고 지하를 거닐고 있었는데, 그 지도의 끄트머리에는 거대한 문이 있다고 나와 있었다.

아마도 이곳 뒤에는 괴물로 변해버린 안트리아 자작이 있을 터였다.

레비로스는 이곳에 있는 시신을 모두 치워낸 후, 곧바로 돌격을 준비했다.

"대형을 갖추어라! 전방에 어떤 적이 있을 지 알 수가 없다!"

"예, 전하!"

촤라라라락!

병사들이 대형을 갖추자, 레비로스는 미카엘의 대검을 꺼내들었다.

스릉!

자신이 대문을 열고나면 병사들이 그 안으로 곧장 쳐들어갈 수 있도록 하려는 것이었다.

"후우……!"

심장과 단전에 남아 있던 마나를 모두 다 끌어 올린 레비로스는 그 기운을 그대로 검에 집중시켰다.

우우우우우웅!

"허업!"

콰앙!

육중한 대검이 내뿜는 돌풍에 대문은 단숨에 산산조각이 나버렸고, 그 앞은 매캐한 먼지덩어리의 향연으로 인해 물체를 분간할 수 없게 되어버렸다.

"쿨럭, 쿨럭!"

병사들은 연신 기침을 해대고 있었지만 자신이 선 곳에서 이탈하여 대열을 흩트리는 법은 없었다.

굳건하게 지켜지던 진형, 그들은 그대로 굳어 전방을 주시했다.

쿠그그그그그—

바로 그때였다.

슈거거걱!

"크허억!"

"초, 촉수다!"

"제기랄! 산개대형을 펼쳐라!"

레비로스의 진영에 성인 키의 두 배에 달하는 촉수가 바닥에서부터 불거져 나왔고, 병사들은 혼비백산하여 산개대형으로 돌아섰다.

그리고 그들의 앞으로 희한한 소리를 내는 마소가 저돌적으로 달려들기 시작했다.

"꾸워어어어어어!"

"끼히이이이잉!

"빌어먹을!"

이미 대형이 산개된 상태에서 마소가 달려들게 되면 아무리 성기사라고 하더라도 목숨을 부지하기 힘들 것이다.

퍽퍽퍽퍽!

"끄허어억!"

"벽으로 바짝 붙어 길을 터라! 어서 산개하라!"

지금과 같은 상황에선 대열을 유지하는 것이 곧 죽음으로 이르는 지름길과 같다.

때문에 레비로스는 병사들을 신속하게 지휘하여 마소가 지나갈 수 있는 길을 열어준 것이었다.

그러면서도 성기사들은 병사들의 대열을 정렬시키기 위해 고래고래 고함을 지른다.

"줄을 맞춰라! 어서 줄을 맞춰 전투를 준비해라!"

허나, 레비로스는 성기사들에게 반대로 지휘할 것을 지시한다.

"20인 1조로 조를 나누어 근방에 있는 엄폐물로 몸을 숨겨라! 이제부터는 각개전투로 대열을 전환한다!"

"예, 전하!"

이곳에 오기 전, 레비로스는 현대에서 배운 지식들 중 가장 뛰어난 생존기술들을 병사들에게 전수했다.

그것은 바로 분대나 소대단위로 이동하며 전투를 치르는 각개전투로, 지금과 같은 협소지형에서는 큰 힘을 발휘하게 될 것이었다.

병사들은 레비로스가 교육한 대로 일제히 산개하여 자신이 몸을 숨길 수 있는 곳으로 흩어졌다.

그러자, 촉수와 마소들은 갈피를 잡지 못한 채 우왕좌왕하기 시작했다.

"꾸워어어어어?"

"효과가 있다! 이제 놈들의 머리를 향해 화살을 퍼부어라!"

핑핑핑핑!

성수가 들어 있는 화살이 마소와 촉수를 향해 날아갔고, 그들은 단 일격에 물처럼 흐물흐물해져 자취를 감추었다.

레비로스는 이제 전방에 무엇이 있는지 확인하기 위해 산개하여 돌격명령을 내렸다.

"전 병력, 약진!"

"충!"

방패를 등에 질끈 동여맨 병사들은 일제히 전방을 향해 지그재그로 달리기 시작한다.

"와아아아아아!"

이렇게 지그재그로 달리면 제 아무리 빠른 총알이 날아온다고 해도 생존율이 높아질 것이며, 진군의 속도도 그만큼 높아진다.

레비로스 역시 지그재그로 달리며 매캐한 먼지구덩이 사이로 몸을 던졌고, 드디어 그 안에 있던 무언가와 마주하게 되었다.

—쿠오오오오오오!

"허, 허억!"

먼지구덩이로 몸을 던진 레비로스는 무려 크기 30M에 달하는 초대형 몬스터와 마주하게 되었다. 그리고 그 초대형 몬스터의 부하로 보이는 주변에 있던 15m 가량의 중형몬스터들의 무차별 공격을 받기 시작했다.

촤락, 촤락!

촉수는 중형몬스터의 헛바닥으로 보였는데, 그들은 마치 거대한 석궁처럼 생긴 몸에서 그 길이를 알 수 없는 촉수를 바닥으로 쏴서 넣어 공격을 펼쳤다.

그러니 당연히 병사들이 속수무책으로 당할 수밖에 없었던 것이다.

하지만 이젠 그 본체와 마주하게 되었으니, 촉수가 어디서 나오는지 가늠을 할 수 있게 되었다.

"촉수를 쏘아대는 놈들을 처단하라!"

"와아아아아아!"

3만 2천의 군세는 일제히 돌격하여 촉수괴물을 둘러싸기 시작했는데, 오로지 하나의 촉수만을 가진 괴물은 공격의 갈피를 잡지 못했다.

―쿠오오오?!

"공격! 화살을 퍼부어라!"

핑핑핑핑!

성수가 담긴 화살이 괴물의 몸에 닿자, 그 안에서는 새빨간 피가 흥건하게 새어나오기 시작했다.

기사들은 계속해서 화살을 퍼부었고, 결국엔 촉수괴물이 터지면서 그 안에 있던 내용물이 사방으로 흩어져 내렸다.

촤라라라락!

그렇게 차근차근 괴물들을 물리친 레비로스는 계속해서 앞으로 전진할 것을 명령했다.

"전군, 돌격!"

"와아아아아아!"

몇몇 인원들이 다치긴 했지만 신녀들과 신관들의 치유술로 급세 회복한 병사들은 여전히 높은 사기를 유지하며 돌격을 시작했다.

하지만 바로 그때, 또 한 번 위기가 찾아왔다.

펄럭, 펄럭!

―끼하아아아아악!

"바, 박쥐?"

"하다못해 이제는 공중병기까지?!"

박쥐의 날개에 길쭉한 몸통을 가진 10m 크기의 몬스터들이 줄을 지어 레비로스를 향해 달려들었고, 성기사단은 몬스터들을 향해 투창과 화살을 날렸다.

슝슝슝슝!

"놈들을 잡아라!"

퍼억!

―끼하아윽!

"잡았다!"

벌써 100마리가 넘는 몬스터가 떨어져 내리고 있었지만, 그 뒤로는 도무지 끝을 알 수 없을 정도로 수많은 추가병력이 쏟아져 나오고 있었다.

"이런 빌어먹을! 개미도 아니고 어떻게 저렇게 많은 몬스터들이 생성될 수 있는 거지?!"

이를 악문 레비로스는 계속해서 전진을 명령했다.

"방패진을 펼쳐 이동한다!"

"예!"

하지만 아직까지 산개대형으로 넓게 펼쳐져 있던 레비로스의 부대 위로 산성으로 이뤄진 물체가 사정없이 떨어져 내렸다.

슈가가가각, 펑펑펑!

"크아아아아악!"

"내, 내 다리!"

단 일격에 무려 열 명이나 되는 병사가 전투불능 상태에 빠질 정도로 강력한 산성 물질이 부대를 습격했고, 도무지 앞으로 나갈 수가 없었다.

차라리 좀비들이 던지던 돌덩이는 방패로 막아낼 수나 있었지, 이것은 도저히 앞으로 나아갈 방법이 없어 보인다.

"후퇴, 후퇴하라!"

레비로스는 다시 뒤로 물러나 전열을 가다듬으려 후퇴를 명령했다.

그러나 그의 명령이 무색하게도 전방에선 또 다른 몬스터들이 떼를 지어 나타났다.

―끼애애애애액!

"개, 개?!"

"저건 또 뭐야?!"

성인남성과 거의 비슷한 크기의 개를 닮은 몬스터들이 병사들을 향해 달려들고 있었는데, 그 발은 아래에 네 개, 위로 세 개가 달려 있었다.

등에 달린 세 개의 발에는 마치 낫처럼 생긴 발톱이 달려 있어 사람을 찢어 죽이는데 효과적이었다.

서걱, 서걱!

"끄허어어어억!"

"신관! 병사의 배가 찢어졌소!"

"이런! 금방 가겠소!"

이곳저곳에서 부상자가 속출하고 있었고, 레비로스는 도저히 빠져나갈 수 있는 구멍이 없다고 생각했다.

'이대로 무너지고 마는가……?'

하지만 그런 그에게 주마등처럼 스치고 지나가는 기억이 하나 있었다.

잠시 마왕으로 살았던 그는 원래 100명의 제후를 두어 군단을 관리하도록 했는데, 그것을 콜로니라고 불렀다.

그 콜로니에는 소영주들이 몬스터들을 조련하도록 되어 있는데, 아마도 지금 이곳도 별반 다르지 않을 것이었다.

'소영주들만 죽이면 이 전쟁은 우리가 이길 수 있다!'

순간, 레비로스는 다시 검을 고쳐 잡으며 외쳤다.

"버텨라! 이곳에서 5분간 버텨라!"

"저, 전하?!"

"나에게 생각이 있습니다! 그러니 이곳에서 조금만 더 버텨주십시오!"

마이언트는 돌연 방향을 바꾸어 홀로 전방으로 향하는 레비로스를 바라보며 고개를 끄덕인다.

"알겠습니다! 결사항전을 준비하겠습니다!"

그는 병사들을 다시 한곳으로 모았고, 이내 방패진을 펼쳤다.

"방어진을 형성하라! 궁수들은 일제히 하늘을 향해 화살을 날린다!"

"충!"

촤라라라락!

핑핑핑!

견고하게 짜여진 방어진 안에서 화살을 발사하는 궁수들, 레비로스는 그런 그들을 뒤로 한 채 몬스터들이 쏟아져 나오고 있는 30m 크기의 괴물을 향해 달렸다.

"죽어라!"

일격에 20마리가 넘는 몬스터들을 해치우며 전진한 그는 공중에 살짝 떠서 부유해 다니는 둥그런 해파리 모양을 한 소영주들과 마주한다.

소영주는 몬스터들을 지휘하는 능력을 갖고 있지만, 상당히 이동이 느리기 때문에 어지간해서는 전장에 모습을 잘 드러내지 않는다.

아마 지금 저들을 도륙한다면 충분히 몬스터들의 습격을 막아낼 수 있을 것이다.

"후우…!"

그는 검신에 남아 있던 마나를 모두 쏟아부었고, 자신을 향해 날아드는 산성 공격을 그대로 맞으며 돌진했다.

—키하아아악!

핑핑핑, 치이익!

"크허억!"

팔이 녹아내리는 감각과 함께 형언할 수 없는 고통이 수반되었지만, 그는 결코 돌진을 멈추지 않았다.

만약 이대로 그의 몸이 녹아 없어진다고 해도 저 많은 병사들을 죽게 내버려 둘 수는 없었던 것이다.

뒤도 돌아보지 않은 채 돌격하던 레비로스, 그의 곁으로 카미엘이 빠른 속도로 날아왔다.

"레비로스!"

"카, 카미엘?!"

"이런 정신 나간 놈! 혼자서 이런 곳에 오다니!"

이윽고 그는 레비로스를 향해 달려드는 몬스터들을 이리저리 쳐내며 임시보호막을 쳤다.

촤락, 촤락!

"이러다간 네가 죽는다!"

"하지만 어쩔 수 없어! 저 해파리처럼 생긴 놈들을 일거에 해치우지 않으면 우리는 모두 다 죽어!"

"젠장!"

카미엘은 자신의 품속에 잘 갈무리하고 있던 시험용 마나 코어를 꺼내들었다.

"이건 지금 실험단계에 있는 물건이긴 하지만, 놈들을 죽이는데 아주 유용하게 사용될 거다."

"부탁한다!"

이제부터 카미엘은 철저히 레비로스를 지키기 위한 방어진을 펼치며 달리기 시작한다.

"파이어 월!"

화르르르르르륵!

신성력이 섞인 파이어 월이 펼쳐지자, 그들을 향해 달려들던 몬스터들이 갑자기 걸음을 멈추었다.

―키엑, 키엑!

"앞으로 계속 달려!"

카미엘은 레비로스의 곁에서 계속해 달렸고, 이윽고 레비로스는 드디어 소영주들이 모여 있는 곳까지 간신히 닿을 수 있었다.

―꾸우우웅…?

"이런 개새끼들! 다 죽어라!"

이윽고 레비로스는 자신의 모든 힘이 담긴 검을 소영주들에게 휘둘렀고, 주변에선 엄청난 양의 신성력 폭풍이 일어나기 시작했다.

우우우웅, 쾅!

"크으으윽!"

―끼에에에에에엑!

몬스터들은 신성력의 파동에 의해 흔적도 없이 사라져버렸고, 레비로스는 혼신의 힘을 다 쏟아 붓고 나서야 검을 내려놓을 수 있었다.

"허억, 허억……."

"…정말 끝내버렸군."

이윽고 카미엘과 레비로스는 그 자리에 대자로 쭉 뻗어버리고 말았다.

3장

권력의 소용돌이에
끼 악

　안트리아 자작령으로 황제의 칙령을 가지고 오던 제리우스 후작은 어쩐지 이 근방의 분위기가 심상치 않다는 것을 알 수 있었다.

　근위대 수석 기사들 50인과 함께 이곳을 찾은 제리우스 후작은 잠시 가던 길을 멈추고 말에서 내려 주변을 살폈다.

　"이, 이건……."

　그들의 주변에 널브러져 있는 시신들은 결코 인간의 것이라 볼 수가 없었는데, 무관 생활을 30년 가까이 한 기사들 또한 처음 보는 것들이었다.

그중에 한 기사가 불현듯 그들의 정체를 밝혀낸다.

"셀롭입니다."

"셀롭?"

"멸종한 것으로 알려져 있긴 합니다만, 신마대전 이후에 두 번 정도 모습을 드러낸 적이 있다고 들었습니다."

"이렇게나 큰 거미들이……."

그는 처음 레비로스가 안트리아 자작령으로 군사를 이끌고 쳐들어간다고 들었을 때에만 해도 이것은 그저 어린 치기 때문에 일어난 일이라고 생각했다.

하지만 이제 보니 그렇게 간단한 문제가 아닌 것 같았다.

이윽고 제리우스는 몬스터들의 시신을 천천히 헤치며 앞으로 나아갔고, 결국에는 1만이 넘는 좀비들의 시신과 마주했다.

그들은 일제히 불에 타 죽은 것처럼 검게 그을린 자국이 가득했는데, 아직도 몸을 꿈틀거리는 놈들이 있었다.

"…언데드?!"

"아무래도 안트리아 자작이 수상한 행보를 보인 것은 확실한 것 같습니다. 이렇게 많은 몬스터라니, 전례를 찾아볼 수가 없을 정도입니다."

설화에나 나올 법한 몬스터들이 이렇게 많다는 것은 도저히 있을 수가 없는 일이었다.

기사들은 제리우스에게 이 사실을 황궁에 알릴 것을 건의
했다.

"지금 당장 파발을 띄우심이 옳다고 생각됩니다. 황태자
전하께서 위험하실 수도 있습니다."

"그래, 알겠네. 지금 즉시 봉화를 피우고 파발을 띄워 하루
안에 황궁으로 당도할 수 있도록 하게."

"예, 알겠습니다."

기사단 중 가장 말을 잘 타는 사람 열 명을 선발하여 그들
을 다시 북으로 올려 보냈고, 제리우스는 계속해서 영지 안쪽
으로 들어갔다.

*   *   *

영주성 내성 별관, 제리우스와 기사단은 도저히 할 말이 나
오지 않아 입을 떡 벌리고 있을 수밖에 없었다.

"끄윽, 끄윽…!"

"피, 피다! 먹이다!"

"크하아악!"

몸이 절반으로 잘린 뱀파이어들은 여전히 몸을 꿈틀거리
며 피를 갈구하고 있었고, 기사들은 그런 뱀파이어의 심장에
검을 박아 넣었다.

푸우욱!

"끼하아아아악!"

"…징그러운 놈들!"

아무리 적게 잡아도 뱀파이어들의 숫자는 3만은 족히 넘어 보였고, 개중에는 기사들도 아는 얼굴이 섞여 있었다.

"안트리아 자작령 소속 불사조 기사단입니다! 저 사람은 예전에 각하와 초수를 섞은 기사단장 장마르슨입니다."

"자, 장마르슨?! 저것이……?!"

장마르슨은 제국 남부군 총사령관으로, 제리우스와는 라이벌 구도를 형성하고 있었다.

그의 검술은 가히 일품이라 할 수 있었고, 만약 제리우스에게 운이 따라주지 않았다면 필패를 면치 못했을 것이다.

그런 걸출한 기사가 저렇게 몹쓸 꼴을 하고 있다니, 도저히 믿을 수가 없었다.

"…저자를 되살릴 방법은 없는 것인가?"

"지금은 알 수가 없습니다. 아마 신관들을 데려와 정밀조사를 취해봐야 결과를 알 수 있겠지요."

"흐음……."

계속해서 성을 수색하기로 한 제리우스는 뱀파이어들을 일일이 찔러죽이고 있었다.

그런 그들의 주변으로 순식간에 엄청난 숫자의 그림자들

이 들이 닥치기 시작했다.

파바바바밧!

제리우스는 즉시 검을 들었고, 매서운 눈초리로 그림자들을 향해 소리쳤다.

"정체를 드러내라! 정정당당하게 싸우자!"

바로 그때, 어둠 속에서 한 사내가 뚝 떨어져 내린다.

까앙!

"크윽!"

천장에서부터 떨어져 내린 사내는 날이 반달처럼 생긴 시미터를 사용하고 있었는데, 그 완력이 상상 이상이었다.

간신히 그의 일격을 막아낸 제리우스는 자신의 등에 매달려 있던 방패를 꺼내어 사내에게 일격을 가했다.

콰앙!

그러자, 방패에 맞고 저 만치 멀리 떨어져나간 사내가 흥미롭다는 미소를 짓는다.

"제법이군. 뱀파이어들도 검술을 배우나?"

"뱀파이어?"

이윽고 그들의 주변으로 푸른색 갑주를 입은 기사단이 그 모습을 드러냈다.

제리우스와 그의 부하들은 이 사람들의 정체가 무엇인지 단박에 알아챌 수 있었다.

"성기사단?!"

"악의 무리가 아직까지 살아 있다니, 의외로군. 전하께서 모두 다 쓸어버린 줄 알았더니."

"우리는 뱀파이어가 아니오. 황제 폐하께서 보내신 전령이 오."

그는 황제의 인장이 찍힌 칙서를 꺼내들었고, 그제야 성기 사단은 의구심을 거두어 들였다.

"험험, 정말 사람이란 말이오?"

"본인은 제국군 총사령관 제리우스 후작이외다. 이곳의 총 책임자를 만나보고 싶소만?"

성기사단은 그의 질문에 고개를 가로젓는다.

"아직은 총 책임자를 만날 수 없소. 그분께선 지하에서 악 의 무리를 처단하고 계시오."

"흐음……."

"전하께선 우리에게 이곳을 수호하라는 명령을 내리셨고, 우리는 맹주의 명령에 따라야 한다오."

"맹주?"

순간, 제리우스가 자신의 귀를 의심한다.

"서, 설마 이곳의 지하로 내려간 사람이 바로 황태자 전하 란 말이오?!"

"그렇소. 그분께선 우리 성기사단을 이끌고 지하로 향하셨소."

"그, 그런 말도 안 되는 일이?! 일국의 황태자가 어찌하여 지하로 군을 이끌고 들어간단 말이오?! 그것도 이렇게 위험천만한 곳에서 말이오!"

"그분의 뜻이오. 신의 가호가 따를 것이오. 걱정할 필요 없소."

"허, 허어!"

제리우스는 펄쩍 뛸 정도로 역정을 냈지만, 성기사단은 외려 상당히 덤덤한 표정을 짓고 있었다.

그는 머리끝까지 난 화를 억지로 짓누르며 말했다.

"그대들은 황태자 전하를 위험에 처하게 한 죄로 체포될 것이오. 아시겠소?"

"그게 신의 뜻이라면……."

바로 그때였다.

"도대체 누가 나의 군대를 함부로 감옥에 집어넣는다 말하는 것인가?"

"전하!"

제리우스를 비롯한 기사들은 그의 앞에 일제히 부복했고, 레비로스는 고개를 갸웃거리며 그에게 물었다.

"다시 한 번 말해 보라. 뭘 어쩐다고?"

"…송구하옵니다. 소신은 그저……."

"나는 이 나라의 황태자다. 나는 사병을 거느릴 자격이 있다. 그럼에도 불구하고 내 병사들을 잡아가는 것은 있을 수도 없는 일이다."

"주, 죽여주시옵소서!"

이윽고 레비로스가 성기사단을 바라보며 말했다.

"별일은 없었나?"

"보시는 바와 같습니다. 맹주님께서 지시하신 대로 성문을 사수하고 있었습니다."

"잘했네."

끝까지 무릎을 꿇고 있던 제리우스에게 고개를 돌린 레비로스가 심드렁한 표정으로 말했다.

"그나저나 자네들은 이곳까지 무슨 연유로 온 것인가?"

"…황명을 받들고 있사옵니다."

"아아, 그렇군."

레비로스는 이내 그들을 자리에서 일으켜 세운다.

"일어나라. 언제까지 그러고 있을 것인가?"

"황공하옵니다."

제리우스는 이윽고 레비로스에게 황제의 칙서를 건네며 말했다.

"폐하께서 전하신 서신이옵니다. 받으시지요."

"고맙네."

일국의 황제이지만 레비로스의 부친인 유안투스는 그저 단순히 인장 하나만 찍은 단출한 칙서를 보냈다.

그렇기 때문에 그 누구도 칙서를 향해 예를 갖출 필요는 없었다.

레비로스는 황제의 인장을 떼어낸 후에 서신을 읽어 내려갔다.

그런데 서신을 읽는 그의 표정이 썩 좋지가 않았다.

레비로스 보아라.

집을 나간 지 5년이 넘었던 자식이 갑자기 불현듯 나타나 자작령과의 전쟁을 벌이다니, 이 아비는 황당하다 못해 할 말이 없구나.

그래, 앞으로 황제가 될 네가 자작령 하나쯤 없애는 것도 그리 나쁜 일은 아니지.

하지만 네가 그렇게 말도 안 되는 짓거리를 하고 다니는 바람에 무신들과 문신들은 또다시 둘로 나뉘어 싸움을 벌이게 생겼다.

알고 있느냐? 네가 벌인 싸움 때문에 지금 제국은 또다시 100년 퇴보를 거듭하게 된 것이다.

아비는 당파 싸움을 중재하기 위해 전쟁을 준비하고 있는데,

네놈은 아예 내전을 일으키려는 것이구나.

이런 상황에서 내가 네놈을 아들로 인정해야 한다면, 차라리 혀를 깨물고 죽는 것이 낫겠어.

(중략)

황제의 이름을 걸고 약속하마.

네가 이곳에 돌아와 정식으로 결혼을 하고 자리를 잡던지, 아니면 폐황태자 신분으로 궁을 나서던지 양단간의 결정을 내려야 할 것이다.

그렇지 않으면 문신들이 너를 죽이기 위해 무슨 짓거리를 벌일지 아무도 모르는 일이니까.

아무튼, 황제가 아닌 아비로서 말하마.

지금 당장 집으로 돌아오지 않으면 평생 후레자식으로 낙인찍어 거지로 만들어주겠다.

—아비로부터.

편지를 모두 읽은 레비로스는 실소를 흘렸다.

"역시, 아바마마는 여전하시군."

"무슨 일이십니까?"

성기사들의 질문에 레비로스는 고개를 가로젓고는 말했다.

"아바마마께서 나를 내쫓으신다고 하시는군."

"흠……."

이런 일이 벌어질 줄 알았다는 듯, 덤덤한 표정을 짓는 성기사들과는 달리 제리우스의 경우는 그렇지가 못했다.

"저, 전하? 지금 이 상황이 얼마나 위태로운 것인지 알고나 그런 말씀을 하시는 겁니까?"

그의 질문에 레비로스는 슬그머니 미소를 지으며 말했다.

"당연하지. 내가 궁에서 쫓겨난다는 것은 폐위가 된다는 소리지."

"그, 그런데 천하태평이십니까?!"

"그럼 어떻게 하나? 이미 벌어진 일인데."

"그, 그런 말도 안 되는……."

그 어떤 황태자라도 폐위를 당하는 일을 달가워할 리가 없다. 그럼에도 불구하고 레비로스는 천하태평인 것이다.

"놈의 핵은 떼어 가지고 왔나?"

"예, 맹주."

"좋다. 그놈을 되살려 정보를 캐내보자고. 아마 마성을 제어하고 나면 어느 정도 정신을 차릴 수 있겠지."

레비로스는 괴물에게서 안트리아 자작을 떼어냈는데, 그는 괴물의 내핵 역할을 하느라 이미 사람의 형상이 아니었다.

그나마 그의 심장 부근에 새겨져 있던 안트리아 가문의 인장만이 신분을 알려주고 있었던 것이다.

3만 2천의 군세가 다시 이동을 시작하자, 제리우스가 그 앞을 막아선다.

"자, 잠깐! 잠깐만 기다려 주십시오!"

"무슨 일인가?"

"이곳은 소신들이 알아서 처리하겠습니다. 그러니 전하께선 다시 궁으로 돌아가시지요."

"그게 무슨 말도 안 되는 일인가? 내가 없으면 이 사람을 되살릴 수 없어."

"하지만 그렇게 했다간 정말로 전하의 목숨이 위태로워질 것입니다. 폐하의 성정으로 미뤄봤을 때……."

"잘못하면 유배를 가겠지."

"그, 그걸 아시면서도 이곳에 남겠다고 하시는 겁니까?"

"나는 이미 성기사단 연명의 맹주로 추대되었네. 맹주가 자리를 비우는 원정도 있던가?"

"하, 하지만……."

"길을 비키게. 아직까지 황태자라고 부르면서 앞길을 막는 것은 무슨 경우인가?"

"……."

황제로 20년을 넘게 치세한 레비로스의 언변은 일개 무신이 어찌할 정도가 아니었다.

이미 정치판에서 잔뼈가 굵은 그에게 황제의 압박은 큰 문제가 되지 않고 있었던 것이다.

레비로스는 유일한 제국의 후계자인데, 그를 폐위한다는 것은 애초에 말도 안 되는 일이었기 때문이다.

그는 말에 오르며 말했다.

"자네는 이곳에서 철수하여 곧장 아바마마께 가서 이 사실을 알리게. 과연 남부에 또 어떤 일이 벌어졌을지 알 수가 없어."

"하, 하지만……."

"자네가 걱정하는 그런 말도 안 되는 일은 벌어지지 않는다네. 그러니 신경 쓸 필요 없어."

"…알겠습니다."

이내 레비로스는 군사들을 이끌고 남서부로 이동했고, 제리우스는 어쩔 수 없이 황도로 향했다.

*   *   *

레비로스가 잡아들인 오염된 안트리아 자작은 이미 이성을 잃어버린 지 오래였다.

자신이 누구인지 자각하지 못하는 것은 물론이고, 가신들과 부하까지도 기억하지 못했다.

손과 발이 신성력의 결박에 의해 속박당한 안트리아 자작은 연신 비명을 질러댔다.

"으악, 으아아아악! 놓아라, 이 빌어먹을 자식들아!"

레비로스는 그런 그에게 계속해서 말을 걸고 있다.

"정말 나를 알아보지 못하겠다는 것이오?"

"이런 개자식! 내가 너 같은 애송이를 도대체 어떻게 안단 말이냐?!"

제국의 모든 귀족들은 황족의 초상화를 일 년에 한 번씩 받아보기 때문에 그 얼굴을 익히고 있게 마련이다.

그렇지만 이미 그의 뇌리에는 인간성이라곤 전혀 찾아볼 수조차 없었다.

레비로스는 어쩔 수 없이 물리적인 힘을 이용하여 마성을 몰아내고 아주 찰나의 순간이라도 제정신을 찾도록 도와줄 생각이다.

"시작하라."

"예, 맹주님."

이윽고 병사들은 안트리아 자작에게 신성력을 주입했고, 그는 온몸이 타들어가는 듯한 고통에 사로잡히고 있었다.

치지지지지지직!

"크아아악, 크아아아악!"

"악은 물러나고 선이 깃들 것이다!"

사제들은 그런 그에게 성수를 뿌리며 주문을 외웠고, 안트리아 자작의 탁했던 눈동자는 서서히 원래의 푸른빛으로 돌아오고 있었다.

그렇게 약 5분간 의식을 계속하고 나니 안트리아 자작은 이내 퍼뜩 정신을 차리기에 이르렀다.

"허, 허억!"

"정신이 좀 드시오?"

"다, 당신은……."

"나는 제국의 황태자 레비로스요."

순간, 안트리아 자작은 형틀에 묶인 채로 고개를 숙였다.

"황자 전하를 뵙습니다!"

"부복은 되었소. 어차피 움직이지도 못하는 것을."

"그, 그렇군요."

레비로스는 그에게 지금까지 일어난 일에 대해서 물었다.

"자작께서는 지금 영지에 무슨 일이 일어났는지 기억하고 계시오?"

"저, 저는……."

"자세한 것이 기억나지 않아도 좋으니 한번 잘 생각해 보시오."

가만히 생각에 잠기는 안트리아 자작, 이윽고 그는 눈을 번쩍 뜬다.

"…생각이 납니다. 제가 이 땅에 죽음을 가지고 왔습니다. 저 때문에……."

"죽음을 가지고 왔다?"

안트리아 자작은 이내 고개를 푹 숙인다.

"소신은 이 땅에 들여선 안 될 것들을 들였습니다. 그중에 하나가 바로 마족의 씨앗이었지요."

"마족의 씨앗이라……."

레비로스 역시 마족의 씨앗이 몸을 지배하면서 마왕으로 변하였고, 그 이후에는 스스로 자신의 제국을 공격하며 미친 사람처럼 변해갔다.

아마 안트리아 자작 역시 그런 수순을 밟아가고 있었던 모양이었다.

신관들과 마이언트는 이제 정상으로 돌아온 안트리아 자작의 몸을 살폈고, 이내 완치 판정을 내렸다.

"자작께선 깨끗이 나으셨소. 그러니 안심하시구려."

"가, 감사하오."

이제 레비로스는 그를 형틀에서 내려 천천히 얘기를 듣기
로 했다.

"일단 내 처소로 가서 사람답게 술이나 한잔하면서 얘기를
하도록 합시다."

"예, 전하."

그는 축 처진 어깨를 하곤 레비로스를 따랐다.

*　　　*　　　*

안트리아 자작, 그러니까 현 안트리아 자작령의 영주인 안
트리아 로할린은 레비로스가 내려준 술을 받고는 이내 눈물
을 흘렸다.

"…소신이 이 술을 받아도 되는 것인지 모르겠습니다. 소
신 한 사람 때문에 많은 사람이 죽었는데 말입니다."

"괜찮소. 한 잔 쭉 들이키시오."

"감사합니다……"

싸구려 미란츠이지만 로할린은 그것을 마치 물처럼 들이
키기 시작했다.

꿀꺽, 꿀꺽!

그리곤 이내 빈 병을 바닥에 내려놓는다.

"크흐……"

"어떻소? 좀 나은 것 같소이까?"

"…그런 것 같습니다."

이윽고 마이언트는 그런 그에게 지금 영지에 일어난 일이 어디서 비롯된 것인지 물었다.

"자초지종이 어떻게 되시오? 한번 말이나 들어봅시다."

그는 너무나 끔찍한 기억을 끄집어내는 것이 못내 힘들었는지 연신 고개를 좌우로 흔들며 얘기를 시작했다.

"제가 이곳에 부임하고 난지 3년, 아버지께선 작위를 물려주시곤 이내 세상을 떠나셨습니다. 그리고 난 후엔 곧바로 어머니께서 제 짝을 찾아주셨습니다. 그녀는 서부 유즈나 남작가의 여식으로, 성심이 곱고 미모가 가히 천사에 견줄 정도로 아름다웠지요. 영지민들은 그런 그녀를 대천사의 사자라고 부를 정도로 좋아했습니다. 그녀는 그런 영지민들을 마치 자신의 가족처럼 돌보았지요. 그렇게 우리는 행복한 부부가 되었습니다."

로할린은 점점 더 말하기 괴로워하는 것 같았고, 레비로스는 미란츠를 한 병 더 건넸다.

"마시고 하시오."

"…감사합니다."

안트리아 자작은 또다시 미란츠를 한 병 더 비운 후에야 말을 이을 수 있었다.

"그러던 어느 날이었습니다. 영지에 전염병이 돌았고, 그녀는 환자들을 돌보다가 병에 걸리고 말았지요."

"10년 전에 돌았던 그 전염병을 말하는 것이군."

"예, 그렇습니다."

대륙에는 약 10년 전에 엄청난 규모의 전염병이 창궐했는데, 한 번 전염되면 눈과 귀에서 피를 쏟아내며 죽었다.

치사율은 100%에 육박했으며, 이 전염병으로 인해 대륙의 인구 30%가 사망하는 가혹한 결과를 초래했다.

결국엔 죽은 자들을 모두 화장시키고 나서야 전염병은 종식될 수 있었다.

그녀는 그런 전염병 속에서 환자들을 돌보다가 자신까지 병이 옮아버렸던 것이었다.

아내를 생각하는 그의 얼굴에는 걷잡을 수 없는 슬픔이 어린다.

"…저는 아내를 살리기 위해 무슨 짓이라도 할 수 있었습니다. 심지어 시체를 살려서 좀비로 데리고 살아도 좋다고 생각했지요."

"으음……."

"그런데 그런 저에게 한 사제가 찾아왔습니다. 북부신전에서 온 신관 후보생이라고 하더군요. 하지만 자신은 북부신전에서 배울 것이 없었고, 신관이 되는 대신 암흑사제가 될 생각이라고 했습니다."

레비로스는 그의 정체가 과연 무엇인지 잘 알 것 같았다.

"혹시 그가 라이먼트를 숭배했었소?"

그의 질문에 로할린은 화들짝 놀라며 고개를 끄덕였다.

"마, 맞습니다! 전하께서 그놈의 이름을 어떻게 아시는지요?"

"신탁에 그런 내용이 들어 있었소. 라이먼트……."

"그, 그렇군요."

대충 얼버무린 레비로스를 뒤로 한 채 로할린은 계속해서 말을 이어나갔다.

"당시, 저는 시야가 거의 없어졌다고 볼 수 있을 정도로 제정신이 아니었습니다. 그런 상황에서 암흑사제의 유혹은 도저히 참을 수 없는 유혹이었지요. 그는 저에게 아내의 영혼을 되살리는 대신, 엄청난 사람들의 피를 갈구하게 될 것이라고 했습니다."

"뱀파이어로 만들어버린 것이군."

"예, 그렇습니다. 그는 우리 부부를 몬스터로 만들어버린 후에 이곳에 본거지를 마련했습니다. 처음에는 작은 생명체들을 들여놓더니, 종국에는 저까지 잡아먹어 핵으로 삼는 괴물까지 등장했지요."

"…교활한 놈이군."

라이언트는 인간의 어떤 점이 그들을 연약하게 하는 가에 대해 너무나도 잘 알기 때문에 조금의 틈만 있어도 유혹의 손길을 뻗친다.

인간의 감성으론 도저히 그 유혹을 거부할 수 없기 때문에 백이면 백, 모두 그에게 영혼을 팔게 된다.

"그 이후론 과연 무슨 일이 일어난 것인지 알 수가 없었습니다만, 단 하나 기억나는 것이 있습니다."

"그게 무엇이오?"

"제 아내는 라이먼트와 함께 서부로 향했습니다. 아마도 그곳에서 다시 악마의 씨앗을 뿌리고 다니겠지요."

"흠……."

그는 레비로스의 앞에 무릎을 꿇으며 말했다.

"전하께 간청이 있습니다. 부디 제 아내를 찾아 인간으로 죽을 수 있도록 해주십시오."

"그렇다는 것은……."

"간청합니다. 제발 그녀를 죽여주십시오."

로할린은 그녀를 진심으로 사랑했으며, 지금도 여전히 그녀를 사랑하고 있는 모양이었다.

레비로스는 흔쾌히 고개를 끄덕였다.

"좋소. 내가 그녀를 발견한다면 직접 목을 베겠소."

"감사합니다, 감사합니다!"

연신 고개를 조아리며 레비로스에게 감사의 인사를 전하던 그가 이내 고개를 들어 말했다.

"만약 제가 할 수 있는 일이라면 무엇이든 돕고 싶습니다. 소신이 할 수 있는 일이 없겠습니까?"

"뭐, 아직까진 괜찮소."

"하지만……."

가만히 머리를 굴리던 로할린이 이내 묘안을 생각해낸다.

"제게 은혜를 갚을 아주 좋은 방법이 있습니다."

"은혜?"

"허락만 해주신다면 당파 싸움에서 구해드릴 수 있습니다."

그는 마이언트에게서 레비로스의 사정에 대해 전해 들었고, 그때부터 계속하여 방안을 찾아보고 있었던 모양이었다.

"하지만……."

"쉽지 않겠지요. 그러나 이것으로 마음의 짐을 조금이라도 덜 수 있다면 무엇이든 하겠습니다. 허락해 주십시오."

"흠……."

그의 아픔은 일반적인 방법으론 도저히 치료가 불가능할 것이다.

레비로스 역시 자신의 과오로 인해 처자식을 모두 잃었고

백성들까지 전부 몰살시켜버렸다.

아마 그들에게서 용서를 받을 수 있다면 지옥불이라도 기꺼이 들어갈 레비로스였던 것이다.

"좋소, 그렇게 하시오."

"저, 정말이십니까?!"

"하지만 나는 당신을 전혀 도울 수가 없소. 그 사정에 대해선 익히 잘 알고 있을 것이라 생각하오."

"물론입니다. 소신 혼자서 전하를 보필할 수 있습니다. 맡겨만 주십시오."

안트리아 자작가는 예로부터 문신들의 정신적 지주로 여겨져 왔는데, 이들 집안이 전부 달변가이기 때문이었다.

아마 그가 일선에 나선다면 당파 싸움은 한동안 잠잠해질 것이 분명했다.

"좋소. 그대가 나를 도와준다면 이 은혜는 평생 잊지 않겠소."

"감사합니다! 은혜는 제가 평생 간직하겠습니다!"

로할린은 진심에서 우러난 눈물을 훔쳐냈다.

*   *   *

황제 유안투스가 기거하는 황제의 침실, 이곳에는 방금 전

나르세우스로 돌아온 제리우스가 들어가 있다.

그는 부복한 채, 더 이상 고개를 들지 못하고 있었다.

"…죽여주시옵소서!"

"그게 어떻게 경의 잘못인가? 놈이 옹고집인 것이 잘못이지."

지금 유안투스는 상당히 화가 나 있을 것이었다. 하지만 자신이 자식을 잘못 키운 것을 남의 탓으로 돌릴 수는 없는 노릇이었다.

그는 조금 느긋한 얼굴로 제리우스에게 물었다.

"그래, 놈은 지금 어디로 향하고 있다고 하던가?"

"서부로 군을 이끌고 가는 중이라고 들었사옵니다."

"흐음……."

제리우스는 슬쩍 고개를 들더니, 이내 황제의 눈치를 살피며 말했다.

"이런 말씀을 드린다는 것이 참으로 외람되옵니다만, 아무래도 폐하께서 증원 병력을 보내주시는 편이 나을 것으로 사료되옵니다."

"증원 병력이라."

"지금 안트리아 자작령에서 본 몬스터들의 숫자만 해도 무려 5만이 훌쩍 넘사옵니다. 만약 소신이 보지 못한 것까지 친다면 족히 10만은 될 것이옵니다. 이러다간 정말로 황실의 대가 끊어질 수도 있사옵니다."

"…그렇게 심각하던가?"

황태자를 데리고 오지 못한 것은 어쩔 수 없는 일, 이제 그들은 현실적인 얘기로 방향을 돌렸다.

제리우스는 자신이 본 것을 하나도 빼놓지 않고 진술하기 시작한다.

"영지는 이미 사람이 살 수 없을 정도로 피폐해져 있었으며, 안트리아 자작은 괴물로 변하여 치료를 받는 중이라고 했사옵니다. 그의 휘하에 있던 모든 영지민들은 이미 좀비나 뱀파이어로 변태하여 살아 있는 인간의 피를 빨아먹으며 살아왔사옵니다. 그런 그들을 모두 쓸어버린 것이 바로 황태자 전하이옵니다."

"흠……."

"워낙 무예가 출중한데다가 성기사들까지 함께 있으니 지금까진 잘 버텨왔사옵니다만, 그 이상은 무리일 것으로 사료되옵니다."

레비로스가 전례에 없는 천재 검술가라는 것은 아버지인 유안투스가 가장 잘 알고 있었다.

지금까지 아들이 대륙을 돌아다니며 무슨 일을 하고 있는지 정보부를 통하여 전부 전해 듣고 있었던 것이다.

하지만 그런 그가 죽을지도 모를 일이라면, 사태가 보통 심각한 것이 아닌 모양이었다.

"그래, 알겠다. 지금 당장 긴급회의를 소집하라."

"예, 폐하!"

이윽고 그는 자리에서 일어나 홀로 대전으로 향했다.

4장

두 가지 세력이
부딪치다

황제 유안투스의 휘하에 집결한 황도 인근의 대관소작들은 무관과 문관들로 나뉘어 서로의 입장차를 논하고 있었다.

무관들은 당연히 황태자 레비로스에게 힘을 실어주어야 한다는 의견이었고, 문관들은 아직은 대륙의 타 왕국을 건드릴 시기가 아니라며 발끈했다.

문관들의 수장인 한트는 현 재상인 알트마 후작을 대신하여 임시재상으로 역임하고 있었다.

그는 그 힘을 이용하여 가장 큰 발언권을 획득한 후에 입을 열었다.

"대체 시기 이른 전쟁에서 승리한 나라가 과연 얼마나 된단 말입니까? 이 원정은 결코 용납될 수 없는 일입니다."

"옳소!"

그의 주장에 제리우스는 정면으로 반박했다.

"그럼 경은 이 나라의 핏줄이 끊어져도 상관이 없다는 것이오?"

"나라는 피가 아니라 대의명분으로 움직이는 것이오. 태자 전하께선 우리의 대의명분을 들어주신다면 충분히 회군하실 것이라 믿어 의심치 않소."

"그 대의명분도 목숨이 남아 있을 때에 얘기요. 진심이 전달되기 전에 우선 파병을 하는 것이 옳다고 보오만?"

"그거야 경의 생각이시고. 다른 국가들은 전혀 그렇게 생각하지 않을 것이오."

"흠, 정말 그렇게 생각하신단 말이오?"

"물론이오."

이윽고 제리우스는 병사들에게 손짓을 했다.

"그것을 가지고 오라."

"예, 각하."

문신들은 물론이고 무신들까지 지금 그가 무슨 일을 하려는 것인지 의아해하는 중이었다.

황제 역시 그가 무슨 일을 한다는 것인지 말로만 전해 들었기 때문에 상당히 흥미로운 표정을 짓고 있었다.

잠시 후, 대전으로 철창에 갇힌 사람 두 명이 들어왔다.

한트는 그들을 바라보며 이내 고개를 갸웃거린다.

"이게 누구요? 노예이오?"

"아니외다. 이들은 안트리아 자작령에 살고 있던 시민들이오. 그중에서도 자유계급에 속하는 사람들이지."

"그런데 이 사람들을 도대체 왜……"

제리우스는 자신의 곁에 있던 창을 잡았고, 병사들이 우리와 함께 가지고 온 돼지 한 마리를 바라보았다.

그리고 이내 그는 돼지를 창으로 꿰뚫어 피를 냈다.

촤라락!

그러자, 우리 안에 들어가 있던 두 명의 남녀가 눈을 번쩍 뜬다.

"키헥, 키헥! 먹이다!"

"피, 피다!"

"제기랄! 그렇지만 돼지다! 인간이 아니다!"

그들은 얼마 전, 성기사단과의 전투에서 간신히 살아남은 뱀파이어들이었고, 그 모습은 가히 상상을 초월하는 충격을 안겨다 주기에 충분했다.

"……"

황제를 포함한 모든 귀족들이 할 말을 잃어버렸고, 제리우스는 혼자서 이 사태에 대해 설명하기 시작했다.

"지금 보시는 이것들은 뱀파이어로 추정되는 생명체요. 지금 황태자 전하께선 이런 놈들을 10만 명도 넘게 도륙낸 후에도 쉬지 않고 서쪽으로 이동하는 중이시오. 이곳에서 살아남은 잔당이 그곳을 병들이고 있기 때문이지."

"이, 이런 말도 안 되는 일이……."

"뱀파이어는 마족의 씨앗을 옮기는 역할을 한다고 하오. 안트리아 자작의 영부인이 그 대상으로 지목되었소. 그리고 그녀는 상당히 강력한 음기를 가지고 있었소. 지금쯤이면 한 지역이 모두 좀비나 뱀파이어로 변해버렸을지도 모를 일이지."

"허, 허어!"

제리우스는 이들이 가진 전염성에 대해 강조한다.

"성기사단의 말에 따르면 이들이 사람을 물어죽이면 그 사람 역시 같은 괴물이 되어 다시 태어난다고 하오. 그러니 지금쯤 그녀가 이끈 뱀파이어들이 왕국 하나를 점령해도 전혀 이상할 것이 없다는 소리요."

"…세상이 멸망할 징조인가?"

"이, 이런……!"

"어쩔 것이오? 이래도 군대를 파병하는데 반대하실 것이오?"

이제 파병을 반대하던 문벌들까지 나서 한트를 공격하기
시작했다.

"아니오! 우리는 조속히 군대를 꾸려야 하오!"

"옳소!"

"한트 경, 우리의 생존이 달린 문제요! 이쯤에서 고집을 꺾
고 가만히 계시는 것이 좋겠소!"

사방에서 거의 난리가 났고, 황제는 손을 들어 정숙할 것을
명령했다.

"그만."

"망극하옵니다!"

황제는 이내 자신의 명패를 들며 말했다.

"짐은 이 파병을 지지해야 한다고 생각한다. 고로, 전 제국
에 있는 모든 병력을 집결시키고, 당장 주신교와 연합하여 원
정을 시작하라."

"황은이 망극하옵니다, 폐하!"

제 아무리 달변가인 한트라 해도 지금 이 상황을 역전시킬
수 있는 방법은 아마 없을 것이다.

그는 아주 황망한 표정으로 대전을 나섰고, 남은 문신들은
그에게 눈길을 주지 않았다.

국가에 닥친 재앙, 그 안에선 당파 싸움이 무의미해져 버렸
던 것이다.

레비로스는 제국의 서부 나할 사막지대로 향했고, 그곳에
있는 서부신전 대신관을 만나기로 했다.

현제 성기사단은 제국의 중앙신전을 비롯한 5개의 지역에
나누어져 있다가 소집되었다.

서부신전의 성기사단은 주로 암살이나 후방교란을 위한
특작부대로 구성되어 있는데, 전쟁에선 없어선 안 될 인물들
이다.

그런 그들의 수장인 서부신전 대신관 주나할린은 레비로
스에게 깊이 고개를 숙였다.

"맹주님을 뵙습니다."

"고개를 드십시오."

그는 병사들이 레비로스를 맹주로 인정했다는 소리에 두
말없이 고개를 조아렸다.

주나할린 역시 중앙신전 대신관과 같은 신탁을 받았고, 지
금까지 틈틈이 성기사단을 훈련시켜왔다.

그리고 드디어 자신의 노력이 결실을 맺는 순간이 온 것이
었다.

"저는 지금까지 10년이 넘도록 지금을 준비해 왔습니다만,

신탁이 틀렸으면 좋겠다고 생각했습니다."

"그랬으면 오죽 좋았겠습니까?"

대신관들은 정확한 신탁을 받는 것으로 자신들의 가치를 인정받지만, 지금과 같은 대재앙에 대한 신탁은 틀렸으면 하고 바랐다.

자신의 가치가 떨어질지언정 대륙에 죽음의 그림자가 드리우는 것은 원치 않았던 것이다.

주나할린은 자신이 수집한 정보에 의한 모든 것을 레비로스에게 전달해 주었다.

"지금까지 마물이나 악마를 보았다는 제보를 모은 자료입니다."

지도에는 서부에서도 유독 북부에 제보가 몰려 있다는 것을 반증하고 있었다.

이것은 그녀가 서부지역 북쪽에 자리를 잡았다는 소리였다.

"좋습니다. 그럼 우리는 북부로 이동하여 진을 치기로 하겠습니다."

"저도 군대와 함께하겠습니다."

"대신관께서 직접이요?"

"어차피 신탁이 이뤄진 이후엔 저의 대신관 노릇은 필요 없는 것이 되어버렸습니다. 차라리 악을 막아내는데 제 힘을 사용하는 것이 옳다고 봅니다."

주나할린은 서부지역 최고의 암살자로, 그 능력이 가히 상상을 초월하는 자이다.

만약 그가 함께한다면 전력이 획기적으로 높아질 터였다.

"그렇다면 마다할 이유가 없지요."

"감사합니다. 신의 은총이 함께하시길……."

"신의 은총이 함께하시길."

이제 레비로스는 조금 더 강력해진 군대를 이끌고 북으로 향했다.

*   *   *

제국 서북부 유즈나 남작령, 이곳은 1년에 열두 번씩 주기적으로 범람하는 말트 강을 끼고 있어 비옥한 곡창지대를 갖고 있다.

이곳에서 나오는 밀은 대륙의 식량의 10%를 책임질 정도로 그 양이 엄청나다.

하지만 요즘 유즈나 남작령은 좀처럼 밀을 생산하지 못하고 있는 실정이다.

무려 2년 동안이나 비가 내리지 않다보니 말트강이 범람하지 않아 농사를 지을 수 없었던 것이다.

레비로스는 군사들과 함께 유즈나 남작령에 진입하였다.

그는 말을 타고 유즈나 남작령의 곡창지대를 지나는 동안 기아현상으로 인해 죽는 사람들을 심심치 않게 볼 수 있었다.

"…끔찍하군."

"몬스터들에게 습격을 당해 죽으면 고통이라도 없을 것인데, 이것은 해도 해도 너무하군."

"그런데 왜 아직까지 이곳에 구휼미가 풀리지 않은 것일까?"

레비로스는 아주 간단한 질문을 스스로 던졌고, 그것을 들은 주나할린이 답을 주었다.

"이곳으로 오는 구휼미는 분명 폐하의 승인까지 받았습니다. 하지만 결국 이곳으로 올 수는 없었지요."

"그게 무슨 소리입니까? 곡식이 오지 못했다니."

"중간에 정책이 바뀐 것입니다. 이곳보다 훨씬 더 기아가 심한 곳이 있다하여 곡식이 오다 만 것이지요. 만약 제대로 구휼미가 풀렸다면 이곳에 기아가 창궐하지는 않았을 겁니다."

원래 나르서스 제국은 무려 10년 전부터 전쟁 준비로 인하여 엄청난 양의 쌀을 비축해놓고 있었는데, 저장량을 유지하다가 남은 것은 전부 구휼미로 지급되었다.

나르서스 제국의 주식은 밀이지만 먹을 것이 없는 시기에는 쌀로 밥을 지어 먹기도 했다.

그렇기 때문에 저장량을 유지하는 한편, 3년이 지난 곡식은 다시 구휼미로 전환되어 제국 전역으로 퍼져 나갔다.

그렇게 풀린 구휼미의 양은 자그마치 일개 왕국의 일 년치 식량이라서 제국에 밥을 굶는 사람은 없었다.

제국은 끝도 없는 정복 전쟁 시도를 펼치고 있었지만, 근본적으로는 국민의 복지를 최우선으로 하는 정책을 채택했던 것이다.

대륙 제일의 곡창지대를 비롯하여 꽤 광활한 식량 줄을 틀어쥔 제국은 흉년이 들어도 국민들이 굶어 죽는 일이 없었다. 더군다나 그 상황에서 구휼미까지 풀어대니, 민생은 생각보다 꽤 안정되어 있었다.

그런데 이렇게까지 기아가 창궐하다니, 도저히 믿을 수가 없었다.

"쌀이 되돌아간 곳은 어디입니까?"

레비로스의 질문에 주나할린은 의외의 곳을 지목한다.

"한트 자작의 영지입니다."

"루핸스 지역?"

"예, 루핸스 자작령으로 구휼미가 돌아갔습니다. 아마 지금쯤이면 그곳의 창고는 꽉 차다 못해 터지기 일보 직전이겠지요."

"한트……."

전생에 한트는 와병 중이었던 현 재상 라마트 후작을 대신하여 문신들의 수장으로 자리매김했다.

그리고 유안투스에서 레비로스로 정권이 바뀌면서 정치적 기반을 다시 견고히 다져 재상까지 오르게 된 자였다.

이것은 그의 기회주의적인 성향이 만들어낸 정치적 승리였던 것이다.

하지만 그는 물질적 탐욕보다는 야욕을 앞세우는 사람이기 때문에 고작 구휼미를 빼돌려 이득을 취할 사람은 아니다.

쌀은 밀보다 값이 훨씬 싸기 때문에 기왕지사 빼돌릴 것이라면 차라리 황궁상단에서 전국으로 내보내는 밀을 가로채는 것이 나을 것이다.

'이상하군.'

레비로스는 이들과 한트가 무슨 관련이 있는 것은 아닌지 하는 생각이 들었다.

"마이언트 단장님."

"예, 맹주."

"지금 당장 한트의 영지로 사람을 보낼 수 있겠습니까?"

"물론입니다."

"그곳으로 사람을 보내어 영지로 들어간 쌀이 어떻게 쓰이고 있는 것인지 알아봐 주십시오."

"예, 알겠습니다."

이윽고 레비로스는 군대를 멈추고 이곳으로 오는 동안 자신들이 가지고 있던 군량미를 조금 풀어 민생을 구제하기로 했다.

"일단, 이곳에 멈추어 굶어 죽는 사람들을 먼저 살리기로 합시다. 멀쩡한 사람들을 그냥 죽일 수는 없는 노릇 아닙니까?"

"예, 알겠습니다. 보급대에게 군량을 풀어 민생을 구제할 수 있도록 하겠습니다."

병사들은 자신들의 마차에 있던 식량을 꺼내어 마을에 나누어주었다.

*   *   *

3만의 병사가 무려 한 달을 먹고도 남을 정도로 풍족했던 식량은 이제 절반으로 줄어들었다.

하지만 그렇게 식량을 이곳저곳에 뿌렸음에도 불구하고 기아는 나아질 것 같지가 않았다.

지금 영지에는 먹을 것이 거의 없었기 때문에 식량을 푼다고 해도 그것은 임시방편에 지나지 않았던 것이다.

레비로스는 이 모든 것이 분명 유즈나 남작가에서부터 비롯된 것임을 직감했다.

그는 조금이라도 빨리 유즈나 메이다니를 포획하여 사태를 수습하는 것이 상책이라고 생각했다.

레비로스는 유즈나 남작령 외성 앞에 병사들을 집결시킨 후, 그들에게 항복을 권유한다.

"문을 열라! 본인은 나르서스 제국의 황태자 레비로스다! 영주는 어서 나와 나를 영접하라!"

"……."

"지금 항복하면 최소한 유즈나 남작가의 가신들은 살려주겠다! 목숨이 아깝거든 성문을 열어라!"

3만의 군세는 일개 왕국을 무너뜨리고도 남을 병력이었고, 더군다나 성기사단의 전력은 일반 병사들에 비하면 거의 10배에 달한다.

한마디로 저들은 지금 30만 대군을 앞에 둔 상황이나 마찬가지라는 소리였다.

그러나 무슨 똥배짱인지는 몰라도 저들은 여전히 문을 열지 않고 있었다.

레비로스는 이제 저들에게 최후통첩을 보낸다.

"한 시간을 주겠다! 그 안에 항복하지 않으면 우리는 그대들을 강습할 것이다!"

"……."

그의 최후통첩에도 아무런 소식이 없는 성문, 이제 더 이상 시간을 끄는 것은 낭비에 불과하다.

레비로스는 한 시간 동안 군사들에게 돌격을 준비할 시간을 부여했고, 자신 역시 마음의 각오를 다졌다.

하지만 바로 그때, 성문에서 한 사내가 미친 듯이 달려 나오고 있었다.

"허억, 허억! 사람 살려! 살려주십시오!"

"성벽으로 투석기를 날려 저 사람을 엄호하라."

"예, 맹주!"

레비로스는 이곳으로 오면서 투석기와 공성망치를 구입했고, 그 양은 15기였다.

이정도의 숫자론 성문을 부술 수 없을지도 모르지만, 한 사람을 엄호하기엔 충분한 양이었다.

병사들은 땅에 단단히 고정시켜 두었던 투석기의 지지대에 충격을 가했다.

까앙!

그러자, 무게의 중심이 순식간에 바뀌며 투석기 발사대에 놓여 있던 돌덩이가 빠른 속도로 날아갔다.

부웅, 콰앙!

"명중입니다!"

"그만, 이제 그만 사격하라!"

두 차례 사격을 가한 레비로스는 공격을 멈추도록 지시하였고, 덕분에 사내는 무사히 레비로스의 진영까지 당도할 수 있었다.

창백한 안색의 청년, 성기사들은 그에게 성수를 뿌리고 회복의 주문을 걸었다.

우우우우웅!

만약 이 사람이 언데드라면 분명 몸이 타들어가 즉사할 것이다.

하지만 그의 몸에 남아 있던 상처들이 순식간에 아물며 청년은 정상인의 몸으로 돌아왔다.

"사, 살았다! 감사합니다!"

레비로스는 잠시 진격을 멈추고 그가 누구이며, 왜 이곳에 온 것인지 알아보기로 한다.

레비로스의 임시막사에 들어선 청년은 마흐, 대리영주의 장남으로서 기사단장을 역임했던 사내였다.

하지만 지금은 몬스터로 변한 가신들에게 두들겨 맞아 죽을 뻔한 도망자에 불과했다.

그는 레비로스가 건넨 차를 손에 쥐고도 제대로 마시지 못했다.

몬스터들에 당한 기억이 몸속에 남아 여전히 가벼운 수전

증을 일으키고 있었던 것이다.

마흐는 자신이 이곳까지 도망오던 때를 상기했다.

"가신들은 지금 백성들을 먹이로 삼겠다며 무차별적으로 사냥을 자행하고 있습니다. 기사단은 물론이고 사병들까지 죄다 뱀파이어로 변해버렸지요."

"이제 막 전염이 시작된 모양이군."

어떤 연유에서인지는 알 수 없지만 유즈나 메이다니는 즉각적으로 언데드의 검은 송곳니를 그러내지 않았다.

만약 처음부터 대놓고 전염병을 퍼뜨렸다면 지금쯤 유즈나 남작령은 전부 언데드의 소굴로 변했어야 했다.

마흐는 차를 한 모금 마신 후, 계속해서 말을 이어나간다.

"메이다니 아가씨는 무려 10년 만에 영지로 되돌아와 길고 긴 휴식을 취하셨습니다. 그리고 난 후, 반년 전부터 슬슬 움직이기 시작하였지요."

"혹시 밤에만 움직였나?"

"예, 그렇습니다. 밤에 밖으로 나갔다가 돌아올 때엔 어김없이 온몸에 피를 묻혀왔지요."

"흐음……."

"그러던 어느 날, 일이 벌어지고 말았습니다. 아가씨가 영주님을 잡아먹은 겁니다."

"결국 일을 벌이고 말았군……."

뱀파이어는 이성이 거의 남아 있지 않은 살인 기계이기 때문에 눈에 보이는 먹이들은 남녀노소를 가리지 않고 잡아먹는다.

그 대상에 가족은 당연히 포함이 되며, 심지어는 자신의 속으로 낳은 자식까지 전부 먹이로 삼아버린다.

그렇게 하여 태어난 뱀파이어들은 또 다른 먹이들을 물어 죽이고 새로운 감염자들을 만들어내게 되는 것이다.

그나마 레비로스가 올 때까지 감염자들이 성 밖으로 나오지 않았다는 것이 다행이라고 할 수 있었다.

"죽었던 영주님은 되살아나 가신들을 전부 다 물어 죽였습니다. 그나마 저의 아비인 섭정영주가 끝까지 결사항전을 벌였습니다만, 바로 어제 숨을 거두고 말았지요……."

"삼가 고인의 명복을 비네."

"…감사합니다."

마흐는 레비로스의 앞에 털썩 무릎을 꿇는다.

"전하, 간청이 있습니다! 꼭 저의 아비를 죽여주십시오! 저대로 무고한 시민들을 계속해서 먹어치우느니 성기사단에게 목이 달아나는 편이 낫습니다!"

"안 그래도 그렇게 할 생각이네. 나는 자네의 아버지뿐만 아니라 다른 희생자들까지 전부 사람답게 죽일 것이네. 그러니 걱정하지 말게."

"감사합니다!"

지금 저 안은 분명 지옥일 것이다.

그 지옥에서 영지를 해방시키는 방법은 오직 전투밖에 없다.

레비로스는 군부의 수장들을 회합시켜 작전을 변경하기로 결정했다.

*   *   *

늦은 밤, 성기사단 소속 자객들 50인이 유즈나 남작령의 외성벽을 넘고 있었다.

팟바밧!

이들을 이끄는 사람은 서부신전 대신관 주나할린이었다.

그는 부하들과 함께 외성벽 망루로 향하여 적들의 동채를 살피기로 한 것이다.

"끄으으으……."

외성벽에는 경비를 설 만한 병력은 남아 있지 않았지만, 성벽의 우측과 좌측 끝에는 꽤 많은 숫자의 좀비가 걸어 다니고 있었다.

아마도 유즈나 메이다니가 이곳으로 진격할 성기사단을 맞아 일부러 세워놓은 수비 병력 같았다.

"그나마 다행이군. 사람을 동원했다면 일이 조금 더 복잡해졌을 텐데."

"그러게 말입니다."

주나할린은 좀비들을 피해 망루에 처소를 세우고 외성문을 열 기회를 엿봤다.

이곳에서 조용히 성문을 연다면 3만의 병력이 소리 없이 진격하여 내성까지 단번에 진격할 수 있을 것이다.

다만, 그가 시간을 재고 있는 것은 외성 안에 남아 있는 민가들 때문이었다.

아직까지 꽤 많은 숫자의 민가들에 사람들이 살고 있었기 때문에 좀비들을 자극하여 대참사를 일으킬 필요는 없었던 것이다.

지금부터 사람을 최대한 희생시키지 않는 것이 관건이라고 할 수 있었다.

주나할린은 좀비들의 움직임을 완벽하게 체크했고, 놈들은 아직까지 병력이 움직이는 것을 눈치채지 못한 것 같았다.

그는 이제 사람을 암살하는 것이 아닌 좀비들을 차례대로 암살하기로 했다.

총 다섯 개로 조를 나눈 주나할린은 날카롭게 벼려진 교살용 와이어를 꺼내들었다.

사람의 손가락이 닿기만 해도 살점이 잘려나갈 만큼 날이

선 교살용 와이어는 좀비들의 목을 단번에 잘라내기 좋을 것이다.

그는 각 조장들에게 신호를 보냈고, 열 명의 조원들은 일제히 좀비들의 뒤로 돌아가 목을 쳐냈다.

서걱!

아주 날카롭게 벼려진 와이어에 목이 정교하게 잘리는 바람에 좀비들은 혈액이 분출되기도 전에 쓰러져 죽었다.

그렇게 단 일격에 50마리의 좀비들을 사살한 주나할린은 같은 방법으로 우측 성벽 위에 있던 좀비들을 계속해서 죽여나갔다.

서걱, 서걱!

약 20차례 좀비들을 제거하고 나니 무려 1,000마리의 좀비들이 사라져버렸다.

이제 남은 것은 좌측에 남아 있던 좀비들, 하지만 주나할린은 부하들과 함께 그곳으로 가는 것을 잠시 미룰 수밖에 없었다.

영주성의 내성에서부터 수많은 뱀파이어들이 쏟아져 나와 주민들을 잡아가기 시작했던 것이다.

"꺄아아악! 살려주세요!"

"여, 여보!"

"꺄하하하! 가만히 있어라! 그렇지 않으면 이곳에 있는 모든 인간들을 먹어 치워버리겠다!"

"흑흑, 여보……."

"살려주세요! 여보……!"

주민들은 더 큰 인명 피해를 막기 위해 재물을 바칠 수밖에 없었고, 뱀파이어들은 즐거운 마음으로 식량 간택을 이어나갔다.

주나할린은 그 광경을 바라보며 바득바득 이를 간다.

'빌어먹을 자식들……!'

일부 자객들이 성벽 아래로 떨어져 내려 뱀파이어들을 요절내려 했으나, 주나할린은 그들을 재빨리 막아섰다.

"참아라. 맹주님께서 돌입하시기 전까진 참아야 한다."

"그렇지만……."

"대를 위해 소를 희생한다고 생각해. 그렇지 않으면 영혼이 병든다."

"…알겠습니다."

그의 부하들은 평소 주나할린이 얼마나 정의롭고 의를 숭상하는지 잘 알고 있다.

그런 그가 억지로 본능을 참아낼 정도라면 보통 일은 아니라는 소리였다.

50인의 자객은 뱀파이어들이 사라질 때까지 가만히 기다렸다가 좌측 성벽으로 향했다.

*   *   *

주나할린이 성벽으로 잠입한 지 약 15분, 드디어 성벽 위로 불이 켜졌다.

이제 레비로스는 병사들을 이끌고 성벽 아래로 접근하기 시작했다.

그는 전투마들을 후방에 있는 지원 병력들에게 맡겨놓은 채 조용히 도보로 이동하여 소음을 최소화했다.

이렇게 하면 아무리 뱀파이어들이라곤 해도 외성벽이 뚫리는 것을 전혀 알아채지 못할 것이다.

지금처럼 천천히 진군하면 꽤 오랜 시간이 걸려 내성에 도착하겠지만, 그 대신 외성에 사는 시민들을 살릴 수 있다.

외성벽 뒤에는 대략 3만의 시민이 거주하고 있기 때문에 이들을 살리는 것 또한 중요한 일이었던 것이다.

레비로스는 사람 한 명이 간신히 들어갈 수 있을 정도로 살짝 열린 성문으로 줄줄이 병력을 통과시켰다.

3만의 병력이 모두 이곳을 통과하는데 걸린 시간은 대략 30분, 하지만 아직까지 뱀파이어들은 무슨 일이 일어나고 있는지 모르는 것 같았다.

마지막으로 마이언트가 성문으로 들어온 후, 레비로스는 병력들을 재편성했다.

"1/3은 시민들을 성문 밖으로 피신시켜라. 그리고 남은 병력은 즉각 외성으로 돌입, 시민들이 모두 피신할 때까지 결사항전을 벌인다."

"예, 맹주."

"그 이후엔 투석기의 사정권에 놈들을 가져다 놓고 폭격하는 거다. 우리는 사격이 모두 끝난 후에 놈들을 정리하여 시민들을 해방시킨다. 알겠나?"

"예, 알겠습니다."

지금까지 이곳에 오는 동안 부상병은 생기지 않았지만 성녀들과 신관들은 꽤나 많은 신성력을 소모했다.

때문에 지금 당장 전투에 투입되는 것은 신체적으로 엄청난 무리가 있었다.

그런 연유로 레비로스는 최대한 병력의 소모를 아끼는 쪽으로 전략을 짤 수밖에 없었다.

병사들이 죽는다는 것은 또 다른 감염자를 만들어내는 것.

상당히 끔찍한 결과를 초래하게 될 것이다.

"다치지 않도록 유의하라. 만약 동료가 물린다면 즉시 방패진을 쳐서 살려내라. 알겠나?"

"예, 알겠습니다."

지금 병사들에겐 레비로스가 만들어낸 마나신성포션이 각
각 10통씩 지급되어 있는 상태였다.

이정도의 양이라면 뱀파이어들에게 직접 물려도 살아남을
수 있을 것이다.

이제 레비로스는 제1군을 이끌고 외성으로 접근하기 시작
했다.

*   *   *

유즈나 남작령 외성에 살고 있던 주민 3만은 제1군에 의해
피신하는 중이다.

"어서 서두르시오! 이제 곧 전투가 시작될 것이오!"

성기사단은 주민들에게 꼭 필요한 옷가지만 챙겨 피신할
수 있도록 했고, 약 한 시간에 이러선 모두가 성 밖을 나설 수
있었다.

제2군이 내성을 둘러싸고 있기 때문에 가능한 일이었다.
하지만 그 또한 얼마나 보장이 될 지 알 수 없는 일이다.

주민들이 성 밖을 빠져나간 후, 제1군의 병사 중 한 명이
공중으로 불화살을 쏘았다.

그러자, 레비로스는 진격을 시작한다.

"진군하라!"

"와아아아아아!"

뿌우!

진격의 나팔이 울려 퍼지자, 내성에 들어가 있던 뱀파이어들이 줄줄이 튀어나오기 시작했다.

"키햐아아악!"

"인간이다! 잡아라!"

대략 3천에 달하는 뱀파이어는 먼저 외성 창문을 이용해 성기사단에게 달려들었고, 그들은 방패로 견고히 벽을 쌓아 뱀파이어들을 쳐냈다.

퍼억!

"키헥!"

"버텨라! 성문이 닫히고 투석기가 준비될 때까지 기다려야 한다!"

"예, 맹주님!"

레비로스는 병사들을 데리고 뱀파이어들을 단숨에 해치워 냈지만, 그곳으로 사태는 끝나지 않았다.

콰앙!

뱀파이어들이 죽어나가는 동안 외성문이 열리며 좀비들이 쏟아져 나오기 시작한 것이다.

"끄어어어!"

"뱀파이어 좀비라니, 이젠 아주 신물이 다 나려고 하는군!"

병사들은 대략 1만에 달하는 좀비들을 막아내며 서서히 진영을 뒤로 물리기 시작했다.

지금부터 거리를 조금씩 뒤로 물려야 투석기의 사정거리에 닿지 않을 수 있기 때문이다.

그렇게 약 30분가량 적과 대치한 레비로스는 이제 때가 되었음을 직감했다.

"불화살을 날려라! 놈들의 후방을 공격하는 거다!"

"예!"

레비로스의 전령은 공중으로 불화살을 쏘았고, 성 밖에서는 성수를 가득 담은 항아리가 날아들기 시작했다.

슈웅, 쨍그랑!

"끄이에에에에엑!"

"좋아, 효과가 있다!"

언데드들에겐 불보다는 오히려 신성력이 담긴 성수를 뿌리는 것이 훨씬 더 효과적일 것이다.

레비로스는 그들이 더 이상 앞으로 나올 수 없도록 단단히 막아섰다.

"이대로 전선을 고착시켜라! 아주 놈들의 씨를 말려버리는 거다!"

"충! 명에 따릅니다!"

지금 이곳으로 몰려드는 좀비들을 모두 해치우고 나면 뱀파이어들이 그 뒤를 따를 것이고, 그 후엔 외성으로 쉽게 진입할 수 있을 것이었다.

레비로스는 대략 한 시간가량 성수를 퍼부었고, 좀비들은 이제 흔적도 찾아볼 수 없었다.

"두 번째 불화살을 쏘아라!"

"예!"

전령이 두 번째 불화살을 쏘아 올렸을 때엔 거대한 돌덩이들이 공중을 가르고 있었다. 투석기에는 카미엘이 설계한 보조동력기가 달려 있었는데, 이것은 기존의 투석기에 비해 대략 다섯 배가 넘는 힘으로 돌덩이를 날릴 수 있도록 해주었다.

그리고 보조동력기를 이용하면 사거리를 마음대로 조절할 수 있어서 진내 사격을 해도 아군의 피해가 생기지 않을 것이었다.

슈웅, 콰앙!

"명중입니다! 내성이 흔들립니다!"

"좋아, 이제 저곳이 허물어지는 것은 시간문제겠군."

레비로스는 외성이 모두 다 무너져 내릴 때까지 기다리기로 했다.

5장

승전의 낭보를 울리다

　카미엘이 만들어낸 투석기의 활약으로 유즈나 남작령의 내성은 약 두 시간 만에 초토화되었다.

　레비로스는 그 잔해더미에 다시 한 번 성수를 뿌려 뱀파이어 잔당들을 일거에 쓸어버렸다.

　치이이익!

　"끄아아아악!"

　"불타는 놈들을 척살하라!"

　"예!"

　성기사단은 성수에 화상을 입어 죽어가는 뱀파이어들을

확인 사살하였고, 결국 이곳에 움직이는 생명체가 없을 때까지 칼질을 해댔다.

바로 그때, 레비로스의 눈앞에 일반인보다 훨씬 더 큰 키의 여성이 들어왔다.

"크하악, 크하악……!"

"메이다니 영부인?"

"빌어먹을 놈들! 다 죽여 버리겠다!"

유즈니 메이다니는 마력의 영향으로 인해 신체가 무려 두 배 이상 커졌고, 눈동자에 검은자가 손톱보다 작아져버렸다.

그 모습은 원래의 미모를 전혀 가늠할 수 없을 만큼 섬뜩하고 끔찍한 모습이었다.

레비로스는 그런 그녀의 목에 검을 겨누며 말했다.

"네놈은 누구냐? 라이먼트더냐?"

"개소리! 네놈을 잡아 마왕님의 재물로 바치겠다!"

그녀는 자리에서 일어나 레비로스를 향해 달려들었는데, 입에선 검은색 액체가 흘러나오고 있었다.

그는 저 검은색 액체가 사람을 병들게 하는 근원이라는 것을 어렵지 않게 알 수 있었다.

"요망한 것, 끝까지 발악이구나!"

레비로스는 검등으로 그녀의 머리를 후려쳐 버렸고, 후두부를 얻어맞은 메이다니는 저만치 멀리 나가떨어져 버렸다.

퍼억!

"끼하아아악!"

"성수를 가져와라! 저 여자를 정화할 것이다!"

"예, 맹주님!"

레비로스는 그녀가 흘렸던 검은색 물체가 튄 곳에 모두 성수를 부어 정화한 후, 그녀가 쓰러진 곳으로 향했다.

마력으로 두꺼워진 머리 덕분에 죽지는 않았지만 그녀는 더 이상 몸을 가눌 수 없는 상태가 되어버린 것 같았다.

그는 조금씩 경련을 일으키고 있던 그녀의 몸에 성수를 들이부었다.

쪼르르르—

그러자, 그녀의 몸이 마치 염산에 닿은 것처럼 지독한 냄새를 피우며 산화했다.

치이이이이익!

"꺄아아악! 이런 씨발놈들!"

"입이 걸어졌군."

원래는 욕 한 마디 못했던 남작가의 여식 메이다니는 여성스러움의 표상이라고 할 수 있었다.

그런 그녀에게서 욕이 튀어나온다는 것은 있을 수도 없는 것이었다.

계속해 욕지거리를 내뱉으며 발버둥 치던 그녀가 이내 점점 작아지기 시작했다.

"하아, 하아……."

"정상으로 돌아오는 모양이군."

"하지만 아직까지 안심하긴 이릅니다. 원래 저 여자는 죽은 목숨이었습니다. 저렇게 멀쩡히 숨 쉰다는 것은 말도 안 되는 일입니다."

잠시 후, 그녀는 상당히 멀쩡해진 얼굴로 변하였다. 그리곤 이내 아슬아슬하게 젖어버린 치마를 옆으로 걷으며 말했다.

"…이곳까지 오시느라 고생하셨습니다. 이리오시지요."

농염한 그녀의 유혹은 뭇 남성들의 가슴을 흔들기에 충분했지만, 이들은 모두 수도사 출신의 성기사였다.

그녀의 유혹에 넘어갈 정도로 정신력이 약했다면 이 자리까지 올 수도 없었을 것이다.

"요망한 년! 어디서 수작이냐?!"

마이언트는 그녀의 입에 다시 한 번 성수를 들이부었다.

촤락!

그러자, 그녀의 입이 서서히 녹아 떨어져 썩은 시체조각으로 변해버렸다.

"크헥, 크헥……!"

"아무래도 저년은 지금 라이먼트의 조종을 받고 있는 것이 분명합니다. 성서에 라이먼트는 마계의 재상이자, 유혹의 악

마라고 했습니다. 아마도 저렇게 퇴폐적인 행동을 하는 것은
그의 영향 때문이겠지요."

"그렇다면 지금 그의 행방에 대해서 알 수 있겠군요."

"아마도 그럴 겁니다."

마이언트는 이제 거의 다 죽어가는 그녀에게 다가가 물었
다.

"네 이년! 라이먼트의 행방에 대해 말해라! 그렇지 않으면
죽어도 죽을 수 없는 연옥에 보내주겠다!"

그는 품속에 잘 갈무리 하고 있던 성서를 꺼내들었고, 그와
함께 퇴마의식에 사용하는 성구도 준비했다.

이 의식은 타락한 영혼을 연옥으로 보내어 평생 동안 다시
부활할 수 없도록 만든다.

그렇게 되면 지금 그녀는 평생을 고통 속에서 죽지도 못한
채 살아가야 한다.

"아, 알겠다! 말하겠다!"

"지금 라이먼트는 어디로 갔지?"

"북동쪽에 있는 오두막에 머물고 있다!"

"네 말이 진심인지 아닌지 어떻게 아나?"

"흑흑, 정말이다! 그곳은 그리 멀지 않은 곳이다! 정 그렇다
면 확인해 보고 나를 죽이면 될 것 아니냐?!"

"흠……."

마이언트는 라이먼트의 소재지에 대한 약도를 받았고, 이내 그녀의 몸에 신성력이 담긴 불길을 씌웠다.

화르르륵!

"꺄아아아아악!"

"부디 하늘나라에서 편히 쉬기를……."

이렇게 몸을 불태워 죽이면 병들었던 영혼이 치유되면서 연옥에 가지 않을 것이다.

물론, 이 영혼이 어떻게 되느냐는 대천사들이 결정할 문제이기 때문에 앞길이 어떻게 될지는 알 수가 없다.

메이다니까지 처치한 마이언트는 레비로스에게 군대를 움직일 것을 건의했다.

"군을 움직이시는 것이 좋겠습니다. 일부는 이곳을 복구하고 보호하는데 동원하고 2/3만 움직이시지요."

"그렇게 합시다."

이윽고 레비로스는 군을 이끌고 북서부로 이동했다.

*   *   *

사제로 변장한 라이먼트가 머물고 있는 곳은 원래 경범죄를 저지른 죄인들을 가두어 두었던 오두막이었다.

이곳엔 병사들이 묵었던 작은 병영과 참회의 기도실이 마런되어 있었다.

레비로스는 라이먼트가 있는 것으로 예상되는 기도실의
문을 열었다.

끼이이익—

마이언트와 주나할린, 성녀들까지 대동한 레비로스는 조
심스럽게 기도실 중앙으로 향했다.

그러자, 저 먼 곳에서부터 한 사내의 목소리가 들려왔다.

"자, 이곳까지 오시느라 수고가 많았습니다. 이젠 마왕으
로서 자신의 운명에 따르면 됩니다."

"…라이먼트!"

마계의 재상 라이먼트는 어둠속에서 번뜩이는 눈동자를
가지고 있었는데, 그 눈동자는 말로 형용할 수 없을 정도로
아름다웠다.

하지만 레비로스는 그 눈동자가 사람을 어떻게 만드는지
잘 알고 있었다.

그는 등에 매달려 있던 대천사의 검을 꺼내들며 말했다.

챙!

"용케도 살아남아 있었군. 운이 좋다고 해야 하나?"

"뭐, 당신께서 그렇게 말씀하신다면야 그런 것이겠지요.
하나, 나는 당신을 되살리기 위해 무려 1억 년을 기다렸습니
다. 그때 이곳은 인간이 자생하기도 전이었습니다. 나는 그

억겁의 시간을 오로지 당신 하나만을 바라보며 기다린 것이지요."

"후후, 그렇다면 네놈은 이 세상에서 가장 멍청한 짓을 한 것이다. 나는 네놈의 뜻에 따라 마왕이 될 생각이 없거든."

"…무소불위의 권력입니다. 그런 권력을 거스르겠다고요?"

"물론."

라이먼트는 고개를 가로저었다.

"하하, 그럴 리가? 당신은 황제가 되고 싶어 합니다. 이 땅을 일통시킬 생각도 하고 있지요. 그런 당신이 나를 거역하겠다고요?"

"뭔가 착각하고 있는 모양이군. 나는 이 땅에 피바람을 일으키고 싶은 마음이 전혀 없다."

순간, 라이먼트는 자신의 번쩍거리던 안광을 감추며 말했다.

"…네놈, 원래의 레비로스가 아니구나!"

"그걸 이제야 알아차리다니, 마계의 재상도 별것 없는 놈이었군."

레비로스는 라이먼트를 향해 돌격하며 외쳤다.

"저놈을 잡으십시오! 이제 우리가 갈 길의 끝이 보입니다!"

"예, 맹주!"

환생한 레비로스는 라이먼트의 유혹에 넘어갈 정도로 호락호락한 사람이 아니었고, 그는 예상 밖의 전투력까지 뿜어냈다.

"죽어라!"

콰앙!

"크허억!"

레비로스의 일격에 맞아 저만치 나가떨어진 라이먼트에게 마이언트의 속박이 시전됐다.

"홀리 로프!"

찰랑…!

신성력으로 만들어진 로프가 라이먼트의 몸을 속박하자, 그를 뒤따르던 신녀들이 정신력을 집중시켜 성스러운 장막을 펼쳤다.

"홀리 월!"

무려 30중으로 펼쳐진 장막에 갇혀버린 라이먼트는 고통에 찬 비명을 지르기 시작한다.

"크아아아악! 모두 다 죽일 것이다! 이런 빌어먹을!"

"어리석은 놈, 차원을 뛰어넘은 네놈이 간과한 것이 있었다. 그것은 바로 나의 의지였다."

레비로스는 그의 심장에 검을 찔러 넣었고, 라이먼트는 검은 피를 토해내며 죽어가고 있었다.

"쿨럭, 쿨럭!"

"네놈은 평생 연옥에서 썩으며 죽어도 죽지 못하는 영생을 얻게 될 것이다."

"아, 안 돼!"

이윽고 라이먼트는 죽어 가루가 되어버렸고, 그 아래에는 마왕의 몸을 재구성하기 위해 만들었던 검은색 결정체가 남아 있었다.

레비로스는 그 결정체를 미카엘의 대검으로 부서버렸다.

까앙!

—끼아아아아아악!

마왕 데이몬의 영혼이 깃들어 있던 악의 결정체가 부서지고 나자, 그 파편들이 옥구슬의 형태로 남게 되었다.

이제 이것은 다시는 흡수할 수 없는 마이너스 에너지의 형태로 굳어져 버렸던 것이다.

레비로스는 그것을 성수를 적셔 만든 종이에 잘 감싸서 보관했다.

"드디어 데이몬을 잡았군요."

"수고가 많았습니다."

"별말씀을요."

그는 짧다면 짧았고, 길다면 길었던 원정을 끝내고 다시 수도로 돌아가기로 했다.

           *   *   *

　수도 나르세우스에선 안트리아 자작이 레비로스의 원정을 찬양하는 노래가 울려 퍼지고 있었다.

　그는 음유시인에게 골드 두 닢을 주고는 악마와 레비로스의 전투를 그린 노래를 만들도록 했다.

　그리고 그 노래는 과자와 함께 아이들에게 나누어주었는데, 그 노래는 금세 입소문을 타고 제국 전역으로 퍼져나갔다.

　그 결과, 레비로스는 제국의 영웅이자 신성의 귀재로 떠오르게 되었던 것이다.

　안트리아 자작은 레비로스와의 약속을 지켰고, 레비로스 역시 그에게 했던 약속을 지켰다.

　제국의 수도 나르세우스로 향하는 길목.

　안트리아 자작은 주검이 되어버린 자신의 아내 메이다니의 시신을 받아들었다.

　정갈하게 염까지 해둔 그녀의 시신은 부패하여 형체를 알아볼 수 없었지만, 그 특유의 분위기만큼은 여전히 남아 있었다.

　로할린은 그녀의 시신 앞에 무릎을 꿇고 앉아 눈물을 흘렸다.

"흑흑! 여보……!"

"…삼가 고인의 명복을 빌겠소."

"…감사합니다. 이 은혜는 죽어서도 잊지 않겠습니다."

"별말씀을. 난 할 일을 했소. 그러니 나에게 감사할 필요는 없소이다."

이윽고 안트리아 자작은 레비로스에게 서신을 한 장 건넸다.

"이것을 받아주십시오."

"이게 뭐요?"

"결례인 줄 압니다만, 전하께 이것을 부탁하고 싶습니다."

로할린은 자신의 영지를 레비로스에게 의탁한다는 내용의 서신을 작성하였고, 이미 황제의 직인까지 찍혀 있었다.

그것을 받은 레비로스는 적지 않게 당황했다.

"이, 이것을 왜 나에게……."

"이미 저는 정계를 떠나 시골로 내려가겠다고 마음을 정했습니다. 작은 정원이 딸린 집과 목장, 그리고 강과 바다에서 고개를 잡을 수 있는 어선 두 척을 마련했습니다. 그리고 남은 것은 모두 영지에 남겨두었지요. 이것은 전하께 드리는 저의 작은 선물입니다. 부디, 이 돈으로 제국에 평화를 되찾아 주십시오."

"하지만……."

"부탁드립니다."

로할린은 여전히 고개를 숙이고 있었고, 레비로스는 어쩔 수 없이 그의 헌납을 받을 수밖에 없었다.

"고맙소. 내, 이 자금을 통하여 안트리아를 성스러운 곳으로 바꾸어 놓겠소."

"감사합니다……."

이윽고 로할린은 아내의 시신을 담고 이동할 노새 마차에 올랐다.

"그동안 감사했습니다. 저는 이제부터 시골 촌구석에서 농사를 지으며 전하의 제국이 번창하는 것을 지켜보겠습니다."

"안타깝구려. 그대는 나의 측근이 될 수도 있었는데."

"저는 정치에 맞지 않는 사람입니다. 그냥 애초에 없었던 사람이라고 생각해 주십시오."

"알겠소."

로할린은 그녀의 시신을 화장하고 유골을 시골에 뿌려 남은 일생을 살아갈 생각이었다.

레비로스는 그런 그가 가는 길에 선물을 하나 건네기로 결심했다.

그는 사제들이 만들어낸 성수와 성호가 그려진 비석을 마차에 함께 실었다.

"이것을 아내의 무덤가에 놓아두시오. 다시는 그런 비극이 일어나지 않을 것이오."

"감사합니다……."

이제부터 로할린은 평생 혼자서 아내를 그리워하며 살 것이다.

이것은 그런 그에게 비석이라도 없다면, 도무지 낙이 없을 것이라 생각한 레비로스가 특별히 손수 제작한 것이다.

아마 로할린은 비석을 볼 때마다 자신을 구해준 레비로스와 아내를 동시에 떠올리게 될 것이었다.

*   *   *

수도 나르세우스 황궁, 레비로스는 백성들의 환호를 받으며 금의환향했지만 반대로 황가에선 추궁을 당하고 있었다.

그는 엄연히 따져 황제에게 항명하였고, 사사로이 군대를 이끌고 남의 영지를 공격하였다.

이것은 아무리 황태자라고 해도 도저히 용납할 수 없는 일이었으며, 잘못하면 목숨을 잃을 수 있는 중죄였다.

하지만 이 모든 것은 악의 무리를 처단하기 위해 벌인 일이니, 추궁은 고사하고 상이라도 내려야 할 판이었다.

죄와 상의 경계, 유안투스 황제는 그에게 이런 처분을 내렸다.

"일주일을 주겠다. 그 안에 황태자빈을 간택하라."

"아바마마, 그것은……."

"더 이상 시일을 미룰 수 없다. 너도 알다시피 황제는 후사가 든든해야 한다. 그럼에도 불구하고 우리 집안에는 남자가 너 하나뿐이다. 심지어 공주조차 별로 없는 우리 집안이 황권을 유지하자면 황태자빈은 꼭 필요한 존재다. 잘 알지 않느냐?"

"하지만 소자는 아직 마음의 준비가 되어 있지 않습니다."

유안투스는 레비로스에게 붉은색 반지를 건네며 말했다.

"이것은 대대로 황태자비에게 전해져 내려오던 반지다. 만약 네가 이것을 받지 않는다면 성기사단은 직위를 해제시키고 감옥에 가게 될 것이다."

"아, 아바마마! 그것은 너무 부당한 처사입니다!"

"그들은 너를 도와 두 개의 영지를 쑥대밭으로 만들었다. 원래대로라면 감옥에서 평생 고문이나 당하다가 죽어야 할 운명인 것이다."

"그렇지만 그들은 선을 위해 싸운 사람들입니다! 감옥에 가둔다는 것은 민심을 어지럽히는 일입니다!"

"상관없다. 어차피 황제는 독선적인 존재, 얼마나 많은 사람을 죽이느냐는 이름에 누가 되지 않는다."

"…아바마마!"

유안투스는 여전히 무표정한 얼굴로 물었다.

"자, 그러니 네가 선택하여라. 내 말을 따를 것인지, 아니면 아비의 명을 거스르고 충복들을 사지로 내몰 것인지."

"……"

만약 전생의 어린 레비로스였다면 당연히 결혼 대신 감옥에서의 투쟁을 선택했을 것이다.

그는 자신의 뜻에 부합하지 않는 것은 목숨을 내걸고서라도 반대한 사람이기 때문이다.

하지만 이제 그는 자신의 뜻이 관철되지 않음을 통탄하지 않는 성인의 영혼을 가졌다.

"…하겠습니다."

"정말이냐?"

"물론입니다. 황태자빈을 간택하고 후사를 보기 위해 노력하지요."

"후후, 드디어 네가 정신을 차린 모양이구나."

"저들은 제국의 방패입니다. 성기사단은 앞으로 저의 직속 기사단으로서 움직일 것이기 때문이지요. 이미 저를 군주로 옹립한 저들에게 피를 선물할 수는 없는 노릇 아닙니까?"

"오호라, 네가 꽤나 황태자다운 소리를 다 하는구나."

"그리될 것이기 때문이지요."

유안투스는 레비로스가 지극히 황제처럼 행동하는 것을 원했다.

그렇기 때문에 어려서부터 독선적인 사람이 되도록 가르쳤고, 권력을 탐하도록 교육시켰다.

하지만 그런 교육은 외려 그를 외골수로 만들어버렸고, 권력보다는 무를 탐하는 무인이 되어버렸다.

그러나 지금의 레비로스는 적당히 현실과 타협하고 상대방의 기분에 따르는 전략가가 되어 있었다.

철저히 황제처럼 행동한 그는 자리에서 일어서며 말했다.

"소자, 이만 물러가 봐도 되겠습니까? 군사들을 재정비하여 황태자군으로 편성해야 합니다."

"사병을 거느리겠다?"

"황태자에겐 사병의 수가 제한되어 있지 않다고 들었습니다. 물론, 그들의 출신성분도요."

"후후, 그랬지."

"소자는 성기사단을 사병으로 귀속시킬 것입니다. 그렇게 되면 신전은 오로지 소자에게 권력을 집중시키겠지요."

"좋은 방법이다. 신성제국의 황제도 나쁜 것은 아니니까."

"다만, 문신들의 반항이 걱정되긴 합니다."

"그런 사소한 문제까지 다 신경 쓴다면 제국은 존립할 수 없다. 명심하거라."

"예, 아바마마."

뿌듯한 눈빛의 유안투스, 레비로스는 그런 아버지에게 미안함을 느꼈다.

어차피 그는 블랙홀을 타고 지구를 다시 구하기 위한 방법을 찾기 위해 동분서주할 뿐, 황제가 될 생각은 전혀 없었기 때문이었다.

* * *

늦은 밤, 레비로스는 카미엘의 숙소를 찾았다.

그는 지금 성기사단에 속한 상태로 상아탑을 오가며 두 갈래의 지식을 차례대로 쌓는 중이었다.

원래의 카미엘은 오로지 마도학에만 정진하여 최고가 된 사내였지만, 지금처럼 성기사 수업을 받는 것으로도 충분히 위인이 될 수 있는 남자였던 것이다.

그는 바쁜 와중에도 레비로스가 제안한 술자리를 마다하지 않았다.

두 사람은 싸구려 미란츠를 사이에 놓고 앉아 술판을 벌였고, 벌써 세 시간째 술자리가 이어지고 있었다.

레비로스는 카미엘에게 아주 깊은 고민이 있다고 면담을 신청했고, 그는 친구의 고민을 기꺼이 들어주기로 했던 것이다.

그는 아까부터 계속 한 가지 주제로 말을 이어나가고 있다.

"아직 결혼은 이른데, 아바마마는 내가 자리를 잡았으면 하시더군."

"흠… 우리에게 자유가 없다는 것은 크나큰 타격이긴 하지."

"하지만 언젠가는 이런 일이 생길 줄 알았어. 너도 우리가 언제까지 이렇게 자유롭게 여행이나 하며 살 수 없다는 것을 알고 있지 않았어?"

"그렇긴 하지."

카미엘은 레비로스를 도와 황제의 위를 옹립한 사람으로 일등 공신이라고 할 수 있다.

유안투스가 서거하면서 제국은 또다시 분열될 위기에 처했지만, 카미엘은 반대파를 전부 숙청시켜 옹립을 굳건히 지켜냈다.

그는 친구 레비로스를 위해 기꺼이 손에 피를 묻혔던 것이다.

하지만 이제 레비로스는 그런 피를 대신하여 주신교라는 절대적인 방법으로 제국을 통합시킬 생각을 했다.

물론, 자신이 계속해서 이곳에 남아 있을 때의 얘기였다.

레비로스는 자신이 이곳에 계속 남아 있을 때를 대비하여 황태자빈을 조금 늦게 들이기로 마음을 먹었던 것이다.

황제에게 보여주기 위한 결혼과 후계자 생산이라면 지금 당장에라도 할 수 있다.

그러나 앞으로의 일까지 생각한다면 결코 쉽사리 결정을 내려서는 안 됐다.

지금 그는 미처 해결하지 못한 일이 꽤 많았기 때문이다.

"그래서 말인데, 네가 나를 좀 도와줘야겠다."

"내가? 어떻게?"

"다음 주부터 황궁에서 황태자빈 간택이 열릴 거야. 그때, 네가 손을 좀 써주었으면 좋겠어."

"흐음……."

카미엘은 레비로스가 자세한 얘기를 하지 않아도 대충 무슨 말인지 이해를 한 것 같았다.

하지만 그에 대한 결정은 역시 쉽지가 않아 보였다.

"잘못하면 황제 폐하의 노여움을 살 수도 있어. 그렇게 되면 우리 둘 다 무사할 수는 없을 거다."

"그것도 하나의 모험이라고 생각해. 그럼 되는 것 아니냐?"

"후후, 하긴 그렇지."

만약 카미엘이 황궁에서 쫓겨난다면 마도학의 기대주라는 부담감을 버리는 일이 될 것이다.

그의 입장에선 나쁠 것 없는 조건이다.

"좋아, 너를 돕도록 하지."

"그 마음 변하지 않도록 해."

"후후, 물론이지."

레비로스와 카미엘은 그렇게 밤이 깊도록 술잔을 넘겼다.

                    *   *   *

다음날, 황제 유안투스는 제국 전체에 황태자빈 간택을 공표했다.

그의 공표에 따라 각 지방의 영주들은 참여 의사에 따라서 자신의 딸을 곱게 차려 입혀 황궁으로 들어오게 될 것이다.

황태자빈 간택에 대한 조건은 없었으며, 오로지 후계자 생산에 적합한 몸을 가진 여성이어야만 한다는 것이 조건이었다.

이 소식이 들리자마자 나르서스 제국은 물론이고 주변의 왕국들까지 신부 후보 단장에 열을 올리기 시작했다.

그리고 약 일주일 후, 드디어 황태자빈 간택을 위한 행렬이 시작되었다.

그 행렬의 중간쯤, 노란색 마차를 탄 영애가 황궁으로 향하고 있었다.

그녀의 이름은 카르사 레이나, 동부지역 카르사 자작령의 영애였다.

다그닥, 다그닥······.

말발굽 소리만이 들리는 마차 안, 그녀는 자신의 앞에 마주 앉은 여성을 바라보며 물었다.

"정말 내가 이렇게까지 해야 하나?"

"물론이지. 로드가 지시하신 일이다. 기꺼이 따르는 것이 일족으로서의 도리라는 것을 모르는 것은 아니겠지?"

"뭐, 그렇긴 하지만······."

카르사 자작은 아주 오래전에 정복 전쟁에 참전하여 일등 공신 반열에 올라 자작의 작위를 수여받은 기수였다.

일개 기수가 자작에 오른다는 것은 상당히 이례적인 일이었고, 사람들은 그를 두고 벼락귀족이라고 불렀다.

그저 싸움이나 잘 하는 귀족, 그렇게 인식 되었던 카르사 자작이지만, 그것은 카르사 자작의 실체를 모르는 사람들이나 하는 소리다.

카르사 자작은 인간들의 전쟁에 로드의 명령에 따라 뛰어든 레드 드래곤 헬레니아였다.

그녀는 자신의 몸을 젊은 남성에서부터 노인까지 자유자재로 바꾸면서 1인 30역에 달하는 연극을 펼쳐왔다.

한마디로 그녀는 혼자서 영주가 되기도 하고 가신이 되어 영지를 굴리고 있었던 것이다.

이것은 드래곤 로드가 무려 3천 년 전부터 계획했던 일의 일부이며, 그녀는 그 스케줄에 따라 움직이고 있었다.

이제 그녀는 집안의 영애로 변장하여 황태자빈 간택에 동원되고 있었던 것이다.

잘못하면 인간과의 합장이 진행될 텐데, 그녀는 도저히 그것만큼은 할 수가 없었다.

그런 그녀를 위로하는 것은 로드의 전령인 그린 드래곤 그레이스였다.

"뭔가 깊은 뜻이 있으시겠지."

"그런가?"

"아무튼 조금만 참아. 그리 오래 걸리지는 않을 테니."

"후……."

로드는 드래곤에게 있어 절대적인 존재, 두 사람은 이해할 수 없는 로드의 뜻을 따라 나르세우스로 향한 것이다.

6장

엉망진창 간택장

　레비로스의 황비간택이 시작되는 날, 황제는 대략 일주일
간의 대장정을 무도회로 시작했다.

　이것은 길게는 보름이나 걸린 대장정에서 온 피로를 풀 겸,
무도회를 즐기며 황태자와 가까워지라는 그의 뜻이 담겨 있
는 자리였다.

　황궁 중앙홀.

　이곳으로 황제 유안투스가 들어섰다.

　"황제 폐하께서 입장하십니다!"

　빠바바밤!

오로지 황제를 위한 팡파르와 함께 유안투스가 등장했고, 모든 귀족들은 그에게 인사를 올렸다.

"제국의 유일한 지배자를 뵙습니다!"

"고개를 들라."

근엄한 표정의 유안투스가 자신의 옥좌에 앉았고, 그를 따라서 황태자 레비로스가 등장했다.

레비로스는 자리에 앉지 않고 단상에 서서 황제의 곁을 지켰다.

이것은 예로부터 황태자가 황제의 가장 가까운 측근임을 과시하는 행동 중 하나였다.

마치 황궁의 전통처럼 굳어진 이 행동은 500년이 넘도록 이어지고 있었다.

황제는 대소 신료들을 바라보며 물었다.

"파티는 마음껏 즐기고 있나?"

"예, 폐하! 황은이 망극하옵니다!"

"그래, 모처럼 준비한 무도회이니 마음껏 즐길 수 있도록 하라."

이윽고 그는 자신의 곁에 선 레비로스를 앞으로 내려보냈다.

"또한, 오늘은 짐의 아들을 그대들에게 선물하겠노라. 마음껏 탐색하고 만져보도록 하라."

"......."

원래 간택은 황실의 가장 중요한 재원을 들이는 일이기도 하지만 동시에 가장 값비싼 물건을 파는 경매이기도 하다.

황태자를 데리고 가는 대신 얼마나 많은 지참금을 받을 수 있는지 가늠하는 자리이기 때문이다.

아마도 황제는 돈보다 직위와 배경을 보겠지만, 황비는 지참금과 미모를 주시할 것이 분명하다.

때문에 분위기는 마치 경매장처럼 레비로스가 상품이 되어 걸어 다닐 수밖에 없는 것이다.

이것이 바로 보통 황태자들이 간택장을 싫어하는 가장 큰 이유이다.

하지만 레비로스는 기꺼이 웃는 얼굴로 간택장을 돌아다녔다.

그런 그에게 엄청난 숫자의 여성들이 다가와 손을 내밀었다.

"전하! 이쪽을 좀 봐주세요!"

"전하! 사랑합니다!"

"그래, 고맙소."

그는 자신에게 달려드는 여성들에게 일일이 손을 흔들었고, 그것은 유안투스를 안심시키기에 충분했다.

이윽고 유안투스는 곧바로 자리를 비워버렸고, 레비로스

는 무려 다섯 시간이나 여성들의 손아귀에 붙잡혀 헤어날 수
없었다.

*   *   *

그날 밤, 레비로스는 다시 카미엘의 숙소를 찾았다.

상당히 수척해진 얼굴, 레비로스는 여성들에게 시달리다
못해 쓰러질 지경이었다.

그는 카미엘에게 간절한 목소리로 물었다.

"…제발 빨리 좀 부탁하자. 이러다간 내가 양기가 빨려 죽
겠어."

"하하, 천하의 난봉꾼 레비로스도 여자들의 등쌀에는 어쩔
수 없는 모양이군."

"나라도 용빼는 재주라도 있겠냐? 남자는 다 똑같은 법이
지."

여행에서 여자들을 꿰어 하룻밤 풋사랑을 나누는 것이 하
나의 낙이었던 레비로스는 천하의 바람둥이이며 난봉꾼이었
다.

그럼에도 불구하고 지금과 같은 엄청난 수의 여자는 도저
히 감당할 수 있는 수준이 아니었던 것이다.

"계획은 어떻게 되고 있어?"

"거의 다 되었다. 이제 앞으로 이틀 정도만 더 고생하면 된다."

"그, 그렇게나 오래?"

"원래는 이틀 정도 더 걸릴 것을 내가 밤을 세워가며 만들고 있잖냐. 불만이면 그만할까?"

"…빌어먹을 자식."

"큭큭, 그러게 누가 간택 같은 것을 하래?"

"어쩔 수 없는 선택이었다. 너도 잘 알잖아?"

"뭐, 그렇긴 하지."

카미엘은 레비로스가 어째서 이런 일을 벌이고 있는지 잘 알고 있었다.

그는 자신이 찾는 마계의 문을 발견하기 전까지는 결코 결혼을 할 생각이 없었던 것이다.

마계의 문은 그를 블랙홀로 데려다 주는 열쇠가 될 것이고, 그것은 드디어 세상이 제자리로 돌아온다는 소리였다.

레비로스는 그것을 위해 지금 자신의 목숨을 걸었다.

"최대한 노력해볼게. 당장 내일이라도 실행할 수 있게 말이야."

"고맙다. 역시 친구밖에 없구나."

"후후, 이 살벌한 궁에서 친구라도 없으면 어떻게 살겠어?"

두 사람은 함께 사선을 넘어온 친구, 그 이상의 의미를 가지고 있었다.

아마 카미엘은 레비로스가 무슨 짓을 해도 다 이해할 것이다. 레비로스는 그런 카미엘이 세상에서 가장 소중했다.

'이제 너를 희생시키는 일은 없을 거다.'

레비로스는 다시는 친구를 잃지 않겠다고 굳게 다짐한다.

*　　　*　　　*

간택은 총 네 가지의 절차를 거치는데, 그 가장 첫 번째 행사가 바로 무도회다.

황제가 첫 번째 날에 연 무도회는 무려 삼일에 걸쳐 진행되었으며, 레비로스는 그 자리에 마치 경매의 물건처럼 우두커니 서 있어야 했다.

빰 빠바바바밤—

잔잔한 선율과 함께 각 영주의 딸들과 왕국의 공주들이 돌아가며 레비로스의 품에 안겼다.

지금 레비로스가 안고 있는 여자는 안트라니아 왕국의 공주 에프런이다.

그녀는 검술과 승마로 다져진 매끈한 몸매와 수려한 외모, 거기에 화려한 학식까지 갖춘 최고의 신붓감이었다.

그러나 레비로스는 그런 그녀에게 별다른 감흥이 없었다.

"……."

그녀는 아까부터 자신을 쳐다보지 않고 기계적으로 스텝을 밟고 있는 레비로스에게 물었다.

"전하, 소녀가 마음에 들지 않으십니까?"

"그렇지 않소. 그대와 같은 경국지색은 단언컨대 태어나 처음보오."

"그런데 어째서 소녀에겐 눈길조차 주지 않으시는 겁니까?"

"그건……."

정곡을 찔려 말을 잠시 더듬긴 했으나, 레비로스는 지금까지 여자를 한두 번 만나본 사내가 아니다.

"난 원래 여자의 눈을 잘 쳐다보지 못하오. 정면으로 눈을 쳐다보면 얼굴이 붉어질 수도 있기 때문이지."

"아아…!"

남자가 숫기가 없어서 여자를 제대로 쳐다보지 못한다, 이 것은 상당히 치명적인 단점이 될 수도 있다.

하지만 그 대상이 완벽한 외모에 황족의 신분까지 갖춘 미남이라면 얘기는 달라진다.

그녀는 레비로스의 한마디에 가슴이 두근거려 얼굴을 붉혔다.

"…소녀는 그런 줄도 모르고……."

"괜찮소. 나 역시 처음부터 이런 사실을 알려줬어야 했는데, 내 실수요."

"아, 아닙니다! 소녀 역시 전하를 쳐다보면 가슴이 두근거려서 얼굴이 붉어집니다. 그러니 앞으론 고개를 돌리지 않으셔도 됩니다."

"흠… 그렇구려."

안트라니아 왕국은 현재까지 나르서스 제국의 농수산물 수출에 있어 가장 큰 영향력을 가진 국가다.

실제로 나르서스 제국이 정복 전쟁을 시작했을 때, 카미엘의 골머리를 가장 아프게 한 국가가 바로 안트라니아였다.

이들은 지금 나르서스 제국과의 전쟁을 우려하여 제국을 선포하지 않은 것뿐이지, 실질적인 국력은 나르서스보다 아주 조금 낮을 뿐이었다.

만약 카미엘의 마도병단이 없었다면 나르서스는 전쟁에서 필패했을지도 모를 일이다.

레비로스는 지나가던 시종의 접시에 들려 있던 술잔을 낚아챈 후, 그것을 단숨에 넘겨버렸다.

꿀꺽!

"후우, 미안하오. 내가 긴장이 돼서 술을 좀 마셔야 할 것 같소. 한 잔 더 마셔도 되겠소?"

"물론이지요."

그는 시종의 쟁반에서 또다시 술을 한 잔 집어 들었고, 아무도 모르는 사이에 붉은색 알약을 집어넣었다.

그리곤 술의 색이 변하기 전에 얼른 그것을 집어 삼켜버렸다.

꿀꺽, 꿀꺽!

"크흠… 이제야 좀 살 것 같군."

"많이 긴장이 되신 모양입니다. 그런데 술을 마셔 괜찮아지셨다니, 다행입니다."

"후후, 고맙소."

그가 먹은 약은 마음대로 얼굴색을 바꿀 수 있는 비약으로, 얼굴빛이 창백해졌다가 붉어졌다를 반복할 수 있다.

레비로스는 카미엘에게 몇 가지 도움을 청했는데, 그중에 하나가 바로 이 안색 조절의 비약이었다.

그는 지금 여자에게 관심이 없었고, 그것은 금방 얼굴에 나타나게 마련이다.

만약 레비로스가 여자에게 아무런 관심이 없는 것처럼 보이면 황제는 반드시 또 다른 제약을 걸 것이 분명했다.

또한, 타국에선 자신들의 딸들을 무시했다고 반발을 할 수도 있어 뭔가 확실한 제스처를 취하지 않으면 곤란하다.

그래서 레비로스는 자신의 얼굴색을 바꾸어 여자들을 현

혹시키기로 했던 것이다.

그는 조금 상기된 얼굴로 그녀를 바라본다.

"이, 이제야 그대를 좀 똑바로 바라볼 수 있겠구려."

"어머나……."

레비로스는 특유의 화려한 언변과 연기력으로 완벽하게 그녀를 속였고, 에프런은 슬슬 그가 자신에게 관심이 없다는 의심을 지우기 시작했다.

그런데 문제는 이 약의 효과가 너무 좋아서 진짜 눈동자가 흔들리는 것 같은 착각이 들게 만든다는 것이었다.

처음엔 그저 여자들을 속이기 위해 만든 비약이었지만 그녀는 진짜 레비로스에게 빠져버린 것 같았다.

"…소녀는 전하가 좋습니다. 만약 원하신다면 황세손을 만들어드릴 자신도 있고요."

"험험, 아직 그건 좀……."

"듣자 하니 황실은 손이 귀하다고 들었습니다. 허나, 저희 집안은 대부분이 남자아이를 많이 출산했습니다. 고로, 전하께서 씨만 주신다면 확실히 결실을 맺을 수 있다는 소리지요."

"……."

이미 그녀는 오늘 결판을 짓겠다고 다짐을 한 모양이었다.

의도치 않게 그녀의 마음을 빼앗아버린 레비로스는 속으

로 난색을 표했지만, 겉으론 어쩔 수 없이 웃을 수밖에 없었다.

"그대의 마음… 고맙소. 정말 고맙소. 하지만 나는 아직 마음의 준비가……."

"괜찮습니다. 소녀는 이미 왕실에서 어떻게 아이를 갖는지, 사내아이를 낳으려면 어떻게 해야 하는지 배웠습니다. 맡겨만 주십시오."

결연한 의지까지 엿보이는 그녀, 레비로스는 서서히 일이 꼬여가는 것을 느낀다.

'이런…….'

더 늦기 전에 뭔가 말을 해주어야겠지만, 야속하게도 시간은 아주 빨리 흘렀다.

─빠밤!

이제 음악은 한 악장을 넘어 다음 악장으로 넘어갔고, 레비로스는 무도회의 법도에 따라 파트너를 바꾸어야 한다.

시종장은 그녀에게 이제 그만 돌아갈 것을 요구했다.

"왕녀 저하, 이제 자리를 옮겨주시지요."

"잠깐만……."

"기다리는 사람이 많습니다. 부디 체통을 지켜주시지요."

끝까지 이곳에서 버틸 수도 있을 것 같은 그녀였지만, 꽤나 날카로운 시종장의 일침에 이내 발걸음을 옮기고 만다.

하지만 그녀는 끝까지 레비로스에게 여지를 남기려 한다.

"오늘 밤, 전하를 찾아뵙겠습니다. 부디 창문을 열어주세요……!"

"뭐, 뭐요?"

"꼭이요……!"

그녀는 야간침투(?)를 예고한 채 돌아섰고, 레비로스는 난감한 표정을 지을 수밖에 없었다.

*   *   *

무도회의 막바지, 레비로스는 지금까지 무려 50명의 여성들과 함께 춤을 추며 똑같은 방법으로 얼굴색을 바꾸어주었다.

그가 이렇게까지 모든 영애들에게 같은 짓을 한 것은 황제의 중립정치를 위한 것이었다.

만약 한 여인에게만 같은 행동을 취했다면 분명히 후환이 생길 것이다.

그러니 그는 적절한 선을 지키면서 그녀들에게 얼굴색을 바꾸는 스킬을 시전했으나, 그것은 상상치도 못한 결과를 가지고 왔다.

다가오는 여자들마다 레비로스가 자신을 진심으로 좋아한

다고 생각하는 바람에 어떻게든 밀회를 갖으려 했던 것이다.

무려 47째 여자를 안은 레비로스, 그녀는 그가 얼굴을 붉히자마자 다리가 풀렸는지 주저앉고 말았다.

"아아…!"

"괘, 괜찮으시오?"

"부디, 저를 잡아주세요. 이대론 일어날 수 없을 것 같아요."

"그, 그리하리다."

그녀는 대륙 서부에 위치한 알론스 왕국의 차녀, 세이라다.

세이라는 선왕이 남긴 엄청난 재산 중에서도 알짜배기 항구들이 가진 교역권을 유산으로 물려받았다.

때문에 그녀의 부유함은 제국 최고의 장사꾼들보다 훨씬 더 뛰어날 정도였다.

황제는 특히나 그녀에 대한 처신을 조심하라고 요구했고, 레비로스는 그녀에게도 얼굴을 붉히며 몇 마디 말을 건넸다.

그러자, 그녀는 그만 심장이 두근거려 현기증을 일으켜버리고 말았던 것이다.

이윽고 그녀는 자신의 품에 있던 반지를 레비로스에게 건네며 말했다.

"솔직히 소녀는 황태자 전하께서 저를 좋아하지 않으실 줄 알았습니다. 저같이 볼품없는 계집을 황태자 전하 같은 미남께서 좋아하실 필요는 없으니까요."

"그, 그런 것은 아니고……."

그녀는 레비로스의 손을 꼭 잡으며 말했다.

"소녀는 이제 평생의 소원을 정했습니다! 당신의 아이를 낳고 당신의 곁에서 죽는 겁니다!"

"어, 어어……."

당황스러워 말을 잇지 못하던 레비로스였지만 시간은 또 다시 다음 차례로 돌아갔다.

"저하, 이제 다음 차례가 옵니다. 자리를 피해 주시지요."

"자, 잠깐…!"

"이러시면 왕국의 이름에 먹칠을 하시게 될 겁니다."

그녀는 멀어지는 레비로스에게 외친다.

"오늘 밤, 찾아가겠습니다! 부디 문을 잠그지 말아주세요!"

"……."

벌써 저런 말을 하는 처자가 열다섯 번째, 레비로스는 사태가 점점 걷잡을 수 없어지는 것을 느낀다.

'망했군.'

이제 그는 어떻게 하면 그녀들을 물리칠 수 있을 지에 대해서 고민할 뿐이다.

무도회의 마지막, 레비로스는 마침내 자신의 책무가 끝나는 것이라고 생각했다.

하지만 그는 예상치도 못한 곳에서 복병을 만나고 말았다.

"오랜만입니다. 전하."

"엘레니아……."

그녀는 레비로스의 아내였던 엘레니아, 지금은 제국 최고의 돈줄이라고 불리는 북부 황금어장 마이어스의 영애다.

황제는 엘레니아와 레비로스를 정략으로 묶으면서 정복 전쟁의 기틀을 마련하게 되었다.

엘레니아가 가지고 온 지참금은 전쟁을 1년 동안 지속시키고도 남을 정도로 엄청났기 때문이다.

그로 인하여 마이어스 가문은 북부의 황금어장은 물론이고 서부와 남부의 어장까지 자신들의 휘하로 끌어들이는데 성공했다.

마이어스는 어장에서 만들어낸 막대한 부를 다시 황궁으로 환원시켰고, 전쟁을 지속시키고 나라를 부흥시켰다.

그리하여 그들은 계속하여 정치적 기반을 쌓았고, 결국에는 제국 3대 공작에 오르는 영광을 안게 되었다.

처음, 레비로스가 그녀를 만났을 때엔 서로에 대한 호감이

란 손톱만큼도 찾아볼 수가 없었다.

하지만 그녀의 끝없는 노력으로 인해 합방이 이뤄졌고, 결국에는 레비로스도 그녀에게 마음을 열게 되었던 것이다.

그러나 카미엘이 죽을 때 그녀의 영향력이 가장 크게 미쳤다고 볼 수 있으니, 레비로스 개인적으론 아픈 과거를 떠올리게 하는 여자이기도 했다.

'전처와 시간을 거슬러 다시 만나다니, 그다지 좋은 일은 아니군.'

이제는 그녀에게서 벗어나 새로운 인생을 살고 있는 레비로스이지만 아직도 그녀를 보는 시선이 썩 곱지만은 않았다.

그녀는 그런 레비로스를 바라보며 고개를 갸웃거린다.

"제가 그렇게 마음에 들지 않으십니까?"

"…그런 것은 아니요."

"그렇다면 왜……."

원래대로라면 여기서 얼굴색을 확 바꾸며 그녀에게도 호감을 사야겠으나, 레비로스는 그렇게 하지 않는다.

"내가 원래 파티체질이 아니오. 그래서 아까부터 잘 적응을 하지 못하고 있소. 그 때문에 내 표정이 굳어버렸던 모양이오. 용서하시오."

"후후, 아닙니다. 저도 이런 파티가 썩 마음에 들지는 않았습니다. 다만 황태자 전하와 이렇게 대화를 조금이라도 나누고 싶어서 용기를 낸 겁니다."

"…고맙구려."

무려 20년을 넘게 한 침대를 써온 그녀에 대해서라면 사소한 것까지 전부 다 알고 있는 레비로스다.

지금 그녀가 짓고 있는 미소는 진심이며 그에 대한 호감도 조금은 있는 것 같았다.

아마 지금 레비로스가 에프터를 신청한다면 곧장 결혼으로 이어질 수도 있을 것이다.

처음부터 그녀는 레비로스를 황태자로만 본 것이 아니라 한 남자로서 호감을 가지고 있었기 때문이다.

부부는 도저히 횟수를 셀 수 없을 정도로 많은 잠자리를 갖기 때문에 어쩔 수 없이 애정도가 상승하게 된다.

레비로스가 마음을 열게 되면서 그녀는 처음 그를 보았을 때에 대해 말했는데, 그것은 지금과 같은 조금의 호감이었다고 했다.

그러니 지금도 비슷한 마음을 가지고 있을 것이 분명하다.

'여전히 아름답군.'

레비로스는 그녀의 눈동자를 바라보다가 그만 자신도 모르게 뜨거운 감정을 느끼고 말았다.

"…왜 그러시나요?"

"아, 아니오. 나도 모르게 그만……."

자신을 빤히 쳐다보는 레비로스에게서 일말의 감정을 느낀 것인지, 그녀는 먼저 레비로스에게 에프터를 신청한다.

"내일 아침에 전하를 찾아뵙겠습니다. 차를 한 잔 청해도 되겠는지요?"

"…아침엔……."

"불편하시다면 괜찮은 시간에 기별을 주십시오. 기다리고 있겠습니다."

이제 슬슬 헤어질 시간이 다가오고 있었기 때문에 그녀는 레비로스의 의견보다는 자신의 의견을 피력하는데 주력했다.

그것은 똑똑히 전달이 되었기 때문에 레비로스는 미처 거절을 할 수가 없었다.

'아뿔사…….'

레비로스는 오늘 자신의 뜻대로 아무것도 하지 못한 채 무도회를 마칠 수밖에 없었다.

*   *   *

그날 밤, 황태자궁에는 전쟁 아닌 전쟁이 일어났다.

황태자와 접선하기 위해 늦은 밤을 선택한 영애들과 공주들이 갖은 방법을 다 동원하여 궁내로 진입하고 있었던 것이다.

공주나 영애와 함께 황태자빈 간택에 참여한 기사단장들은 때 아닌 첩보 작전을 펼치느라 생고생을 하는 중이었다.

안트라니아 왕국 궁정기사단장 투피슨은 그녀를 직접 들쳐 매고 성벽을 오르는 중이었다.

"끄응, 끄응…!"

"남작, 괜찮으신가요? 내가 괜한 부탁을 해서…….."

"아, 아닙니다. 마마께서 후사를 보시는 일인데 당연히 소신이 직접 벽을 올라야지요."

그녀는 새벽에 레비로스를 찾아가겠다는 일념으로 주변의 체면을 무릅쓰고 성벽을 오르기로 했다.

하지만 막상 밧줄을 잡고 성벽을 오르자니 도저히 엄두가 나지 않았던 것이다.

비록 에프런이 어려서부터 검술과 승마를 익혔다고는 해도 무려 6m나 되는 황태자궁의 벽을 오르기엔 무리다.

때문에 그는 기사들의 등에 업혀서라도 황태자에게 닿기로 했던 것이다.

그런데 문제는 일반기사들의 경우엔 작위가 없어서 공주의 몸에 손을 댈 수조차 없었다.

하여, 무려 쉰이 넘은 투피슨이 그녀를 들쳐 업고 직접 성벽을 오르게 된 것이었다.

그는 덜덜 떨리는 손으로 간신히 성벽을 오르고 있었는데,

과연 언제 아래로 떨어져 내릴지는 알 수가 없었다.

그래서 지금 성벽 아래엔 기사 10명이 총 3겹으로 된 초대형 해먹을 가지고 대기하고 있다.

만약 최악의 상황이 발생한다고 해도 목숨에 지장은 없다는 소리였다.

하지만 사람은 분명 비명 소리는 들릴 테니, 평생 놀림거리를 만드는 일이 발생하게 될 것이다.

때문에 그는 지금 죽을힘을 다하여 성벽을 오르고 또 오르는 중이었다.

"허억, 허억……!"

"단장님, 내가 너무 무리한 부탁을 했지요?"

"아, 아닙니다. 그런 말씀 마십시오. 마마께서 행복하시다면 소신의 뼈로 스프라도 끓이겠습니다."

"…고마워요."

투피슨은 에프런이 아주 어린 시절부터 그녀의 호위를 맡아온 사람이다.

그녀가 걸음마를 떼기도 전부터 호위를 맡아 지금까지 지켜봐왔으니, 아버지와 같은 마음이 드는 것도 당연했다.

만약 그는 황태자가 그녀를 거부한다면 목숨을 걸고 협박이라도 할 작정이다.

투피슨은 에프런이 상처받아 눈물을 흘리느니 차라리 자

신이 반역으로 죽는 것이 더 낫겠다고 생각했던 것이다.

'마마, 제가 반드시 합방을 성공시키겠습니다!'

결연한 의지, 그는 총 두 자루의 칼을 성벽에 번갈아 꽂아 가며 등반을 이어가는 중이었다.

이제 그 등반의 끝이 보이는 것 같기도 했다.

하지만 바로 그때, 그의 감각에 또 다른 기사의 것으로 보이는 숨결이 느껴진다.

'뛰어난 기사?!'

숙련된 기사들은 숨을 나누어 쉬고 그것으로 체력을 보강하기 때문에 숨소리 자체가 다르다.

지금 그가 느끼기에 이 숨소리의 주인은 적어도 자신의 무력과 비슷하거나 조금 높은 정도의 검술 실력을 가진 노련한 기사의 것이었다.

'도대체 이 밤에 누가…?!'

그는 잠시 가던 길을 멈추고 옆을 쳐다보았고, 달빛에 반사된 의문의 기사를 볼 수 있었다.

째앵—!

휘영청 밝은 달에 비친 얼굴, 그는 고개를 갸웃거린다.

'파사트 단장?'

파사트는 알론소 왕국의 궁정기사단장으로, 젊은 시절에는 몇 번 자웅을 겨뤄본 적이 있는 사람이었다.

하지만 그는 이미 50대 중반을 넘어 환갑으로 향하는 반 노인이다. 그런 그가 성벽을 오른다는 것은 어불성설이다.

검술과 체력은 100% 비례하는 것은 아니기 때문에 검술이 고강하다고 해도 환갑의 나이에 20대 체력을 가지는 것은 아니다.

고로, 지금 저 파사트는 진짜 목숨을 걸고 성벽을 오르고 있다는 소리였다.

'도대체 무슨 연유로……'

바로 그때, 그의 뇌리로 불길한 기운이 스치고 지나간다.

'설마…?!'

그는 시신경에 조금 더 집중했고, 파사트의 복색이 보이기 시작한다.

"역시……!"

파사트는 등에 공주로 보이는 여자를 업은 채 성벽을 등반하고 있다. 아마도 그 역시 같은 이유로 목숨을 건 것 같았다.

이윽고 그는 이미 고갈되어 버린 체력을 박박 긁어내기 시작했다.

"마마, 꽉 잡으십시오. 조금 더 속력을 내야겠습니다."

"괜찮겠어요?"

"문제없습니다. 공주님께서는 합방절차를 계속해서 대뇌십시오."

"…알겠어요."

황태자빈은 대략 10년 후엔 제국의 국모가 되는 엄청난 자리다. 당연히 사방에서 음모나 경쟁이 펼쳐질 것이었다.

투피슨은 경쟁자들이 있을 것이라고 생각하긴 했지만 함께 성벽을 오르는 사람이 있을 것이라곤 전혀 상상조차 못했다.

허나 비록 예상을 빗나간 상황이긴 했어도 경쟁에서 밀리는 일이 벌어져선 안 된다.

지금 만약 시기를 놓쳐서 누군가 황태자를 유혹하는 상황이 벌어지기라도 한다면 아주 난감한 상황이 벌어지게 되는 것이다.

'나는 죽은 몸이다! 이미 생각으론 골백번도 더 죽었다! 죽을 때까지 오르는 거다!'

그는 젖 먹던 힘까지 전부 다 쥐어짜내 성벽을 등반했다.

*　　　*　　　*

황태자궁으로 들어온 세력은 총 14개, 카미엘은 이미 땀과 피딱지로 범벅이 되어버린 기사단장들을 바라보며 고개를 가로저었다.

"이야, 대단들 하군. 도대체 권력이라는 것이 뭐 그리 중요하다고 목숨까지 거는 것인지 모르겠군."

지금까지 카미엘은 레비로스와의 방랑생활에서 꽤 많은 지식과 경험을 얻었다.

그럼에도 불구하고 그는 권력보다는 자유로운 생활을 택하고 싶다는 생각을 하고 있었다.

만약 그가 저런 기사들이었다면 일찌감치 직위를 버리고 시골로 내려가 농사를 짓거나 용병으로 전 세계를 떠돌며 유랑생활을 했을 것이다.

그렇게 되면 적어도 무한 경쟁 사회에서 얻는 영혼의 고갈은 생기지 않을 것이기 때문이다.

이유야 어찌되었건 저들은 자신이 모시는 사람을 위해 목숨을 걸고 엄청난 일을 저질렀다.

이제 카미엘은 저 엄청난 야욕들을 단 한 방에 잠재울 수 있는 장치를 가동시키기로 했다.

"후후, 내일 아침에 과연 무슨 표정들을 짓고 있을 지 궁금해지는군."

그는 마나코어로 만든 기폭장치의 버튼을 눌렀고, 레비로스를 구원할 신의 한수가 발동하기 시작했다.

레비로스가 기거하는 황태자궁에는 총 열 다섯 개의 방이 있는데, 그는 일정한 거처가 없이 아무 곳에서나 잠을 잤다.

그렇기 때문에 처소에는 각각 침대를 비롯한 식탁, 목욕탕이 준비되어 있었다.

아마 이곳을 처음 찾은 사람이라면 과연 어느 곳이 진짜 침실인지 헷갈려 헤매게 될 것이다.

레비로스는 일부러 황태자궁의 모든 불을 소등시켜버렸고, 한 명이 방에 들어가면 그 방의 문을 잠가버렸다.

때문에 초행인 그녀들은 틀림없이 자신이 황태자의 처소에 들어왔다고 생각했을 것이다.

조용히 그녀들을 미행해 문을 잠그고 다닌 레비로스는 열네 번째 영애가 방으로 들어간 것을 확인한 후, 마지막 남은 자신의 방으로 들어갔다.

이 문은 특별한 장치가 되어 있었는데, 손잡이를 위로 들어올리면 안에서 문이 잠기게 된다.

그렇게 되면 겉에선 결코 문을 열 수가 없게 되는 것이다.

한마디로 지금 문을 잠그면 그 어떤 누구도 문을 열지 않고선 밖으로 나갈 수 없다는 소리였다.

레비로스는 홀가분한 표정으로 잠자리에 든다.

"내일이면 모든 것이 다 정리되겠군."

레비로스는 스르르 눈을 감았고, 이내 그의 주변으로 푸른색 오라가 피어나기 시작한다.

화아아아악!

은은한 푸른색을 띈 오라는 레비로스의 방을 빠져나가 공
주와 영애들이 묵고 있는 방으로 들어갔다.

그리곤 이내 방 안에 들어 있던 마법진을 발동시켰고, 홀루
지네이션과 슬립이 동시에 시전되었다.

우우우웅, 팟!

이제 그녀들은 자신들의 곁에 레비로스와 똑같이 생긴 환
영을 둔 채 잠이 빠져들 것이다.

물론 레비로스 역시 자신과 비슷하게 생긴 환영과 함께 잠
을 자겠지만 크게 개의치 않고 눈을 감았다.

"쿠울······."

낮게 코를 고는 그의 모습은 열 네 개의 방에서 동시에 시
전되었고, 그녀들은 함박웃음을 지은 채 잠에 빠져들었다.

에프런이 들어간 첫 번째 방에선 이미 코고는 소리가 들려
왔고, 투피슨은 속으로 쾌재를 부른다.

"좋아······!"

만약 오늘 거사가 이뤄지지 않는다고 해도 동침을 했다는
것은 명백한 사실이기 때문에 내일이면 당연히 혼사를 논할
수 있을 것이다.

그녀가 좋아하는 황태자와 맺어진다면 투피슨은 지금 죽
어도 여한이 없을 터였다.

"후후, 좋아, 좋아!"

이윽고 그는 다시 창문 밖으로 몸을 던졌고, 그 아래에서 대기하고 있던 해먹 위에 정확하게 안착했다.

꿀렁~

"하하, 하하하! 좋았어! 이제 우리는 모든 소임을 다한 것이다! 술이나 마시러 가자!"

"성공입니까?"

"물론이지!"

"이것 참, 국혼이 상사되다니! 대단하십니다!"

"후후, 대단하긴. 당신의 체면까지 버리시면서 성벽을 오르신 마마가 대단하신 것이지."

"하긴, 그렇긴 하지요."

"자자, 다들 마마를 뒤로하고 술자리를 갖자고!"

"예, 축하주를 들어야지요!"

기사단은 한껏 흥이 난 표정으로 황궁 주변에 있는 선술집으로 향했다.

＊　　　＊　　　＊

다음 날, 어김없이 동쪽에서부터 해가 떠올랐다.

꼬끼오!

아침을 알리는 닭 울음소리가 황태자궁 정원에서부터 들려왔고, 레비로스는 그 익숙한 소리와 함께 기상했다.

"하암! 오랜만에 아주 숙면을 취했군!"

바닥에 머리만 대는 잠을 청하던 레비로스였지만 요즘에는 고민이 많아서 잠을 푹 자지 못했다.

하지만 어제의 마법으로 인해 숙면을 취하고 났더니 몸이 날아갈 것처럼 가벼워졌다.

"자, 그럼 난리를 피워볼까?"

자리를 털고 일어선 레비로스는 가장 먼저 자신의 바로 옆방으로 향한다.

그리곤 일부러 시녀들을 큰 소리로 불러들인다.

"여봐라! 식사를 준비해야겠다!"

"예, 전하!"

순간, 그 소리를 듣고 깨어난 공주와 영애들이 갈피를 잡지 못하고 허우적거리는 소리가 들린다.

"어, 어머나!"

"이, 이게 어떻게 된……."

아마도 그녀들은 지금쯤이면 자신의 곁에 있어야 할 황태자를 찾느라 정신이 없을 것이다.

그리고 약 5분 후, 대충 옷만 여민 그녀들이 일제히 문을 열고 나왔다.

"전하!"

"낭군님! 소녀를 두고 어디에 가셨던 겁니까?!"

순간, 한꺼번에 마주친 14명의 여자들은 황당한 표정으로 서로를 바라봤다.

"어, 어라?"

"당신은……."

"공주님께서 이곳에는 무슨 일이십니까?"

"영애야말로 왜 이곳에 있는 건가요?"

화들짝 놀란 그녀들은 고개를 갸웃거렸고, 레비로스는 그녀들을 향해 도저히 이해할 수 없다는 듯이 물었다.

"그건 내가 묻고 싶구려. 그대들이 어째서 나의 처소에서 나오는 것이오?"

"낭군님! 그게 무슨 말씀이십니까?! 어제 소녀와 함께 밤을 함께 보내지 않으셨습니까?!"

"맞습니다!"

"마, 맞다니? 뭐가 맞아요?! 영애께서도 어제 전하와 함께 합방을 하셨다는 건가요?!"

"그, 그게……."

이제 시선은 다시 레비로스에게로 쏠렸고, 그는 별 대수롭지 않다는 듯이 말했다.

"나는 그 어떤 누구와도 자지 않았소."

"말도 안 되는 소리······!"

"지금 저를 품에 안고선 딴 소리를 하시는 겁니까?!"

"원한다면 내가 그대들과 합방하지 않았다는 증거를 보여
줄 수도 있소."

"좋습니다! 그럼 증거를 보여주시지요!"

레비로스는 그녀들을 데리고 자신의 처소에 달려 있던 문
을 잠근 후, 그것을 직접 열어보도록 했다.

"자, 열어보시오. 나는 어려서부터 궁에 있는 모든 방에 침
대를 놓고 돌아가면서 잠을 잤소. 때문에 잠이 들면 시녀들이
밖에서 문을 잠글 수 있도록 설계했소. 한마디로 각 방을 들
락거리는 것은 불가능하다는 소리지. 만약 그대들의 말이 맞
다면 나는 14번이나 방을 바꾸어 잠을 잤어야 하는데, 그것은
말도 안 되는 소리 아니겠소?"

"하지만 전하께선 분명 어제 저와 함께하셨습니다만?"

"아아, 그것 말이오?"

레비로스는 자신의 방에 있던 불완전 마나코어를 하나 가
지고 나와서 침대 앞에 올려놓았다.

그러자, 그와 똑같이 생긴 환영이 침대에 누워 있는 형상으
로 나타났다.

"허, 허억!"

"내가 방을 옮기는 것은 내가 느낄 암살 시도를 미연에 방

지하기 위함이오. 내 친구 카미엘은 이런 사안을 해결하기 위해 하나의 장치를 개발했소. 그게 바로 지금 보는 이 임시 환영장치요."

"……."

레비로스는 넋이 나가버린 그녀들에게 물었다.

"자, 이제 그대들이 한번 말씀해 보시오. 어째서 허락도 없이 남의 처소를 찾은 것이오?"

"그, 그건……."

"황태자궁에 침입한 것은 황실에 대한 결례를 범한 것이오. 잘못하면 처벌을 받을 수도 있소이다."

"…죄송합니다."

"자, 이제 다들 각자의 처소로 돌아가시오. 아무래도 이번 간택은 애초부터 뭔가 잘못된 것 같소."

이내 그녀들은 자신의 숙소로 돌아갔고, 레비로스는 홀로 남아 아주 여유로운 식사를 즐길 수 있었다.

7장

드래곤과의 조우

레비로스 숙소 침투사건이 벌어지고 난 후, 황궁에는 한차례 난리가 벌어졌다.

정숙한 집안의 처자들이 외간남자의 처소에 들어가 잠을 잤다는 것은 가히 상상조차 할 수 없는 일이었던 것이다.

황제 유안투스는 그저 하나의 해프닝쯤으로 여기고 있었지만 황비의 입장은 그게 아니었던 것이다.

정숙하지 못한 여자를 황태자빈으로 들인다는 것은 있을 수 없는 일이라며 길길이 날뛰고 있었다.

이에, 유안투스는 어쩔 수 없이 황태자빈 간택을 미룰 수밖에 없다고 판단했다.

엄연히 말해 황태자빈을 들이는 것은 황제가 아닌 황비의 권한이기 때문에 그는 주최와 폐회를 결정할 뿐이다.

그는 이른 아침부터 대소신료들을 모두 모아놓고 황태자빈 간택이 연기되었다고 선언했다.

유안투스는 실소를 머금은 채 입을 열었다.

"참… 짐이 살다보니 별의별 일을 다 겪는군. 경들의 여식들이 벌인 일에 대해선 익히 들었을 것이다."

"…송구하옵니다. 폐하!"

귀족들은 물론이고 각 국에서 대사로 파견된 사신들까지 유안투스에게 머리를 조아리며 백배사죄했다.

"제 여식이 황태자 전하의 출중한 외모에 반하여 그만 과오를 저질렀다고 하옵니다. 부디 통촉하여 주시옵소서!"

"통촉은 무슨, 너무 좋으면 그럴 수도 있지."

사실, 보통의 황제들 같았으면 지금 이 사건을 결코 가볍게 여기지는 않을 것이다.

황태자는 황제를 잇는 아주 중요한 인물이기 때문에 함부로 처소를 공개하는 일이 있어서는 안 된다.

이것은 황실의 위신을 떨어뜨리는 일이기 때문에 보통의 황제라면 반드시 이 사건의 책임자를 문초했을 것이다.

하지만 중립외교를 지향하는 유안투스의 성격상 책임자를

찾아내 일벌백계할 일은 벌어지지 않을 것이다.

그는 자신의 곁에 선 레비로스에게 물었다.

"어떤가? 황태자는 괜찮은가?"

"예, 폐하. 소신은 아무렇지도 않습니다."

"뭐, 그럼 된 것이지. 그대가 저들에게 직접 면죄부를 주도록 하라."

"명을 따릅니다."

황제는 레비로스를 공식석상에 세워 일을 마무리하려 했고, 레비로스는 직접 자신이 친서를 작성하여 당사자들에게 지급했다.

이로서 난감한 상황에 처했던 인물들도 앞으로 고개를 들고 황궁을 드나들 수 있게 된 것이다.

다만, 타국에서 온 공주들은 고국으로 돌아가 왕비의 문책을 당하게 될 터였다.

하지만 이 또한 자신의 욕심 때문에 벌어진 일이니 자업자득이라고 할 수 있었다.

레비로스는 모두에게 면죄부를 돌리고 난 후, 자신의 입으로 이번 사건이 없었던 일이라고 공표했다.

"입단속은 철저히 시켰을 것이라 믿소. 고로, 지금부터 이 일은 아예 처음부터 없었던 일이 되는 것이오. 아시겠소?"

"예, 전하!"

귀족들과 사신들은 가슴을 쓸어내렸고, 레비로스는 속으로 함박웃음을 지었다.

* * *

한 바탕 난리가 난 후, 레비로스는 줄을 지어 각자의 보금자리로 돌아가는 청혼자들을 바라보고 있었다.

"쉽지 않은 나날이었다."

이런 말도 안 되는 일이 일어나고 말았으니 당분간 황태자빈 간택에 대한 얘기는 나오지 않을 것이다.

덕분에 일말의 여유를 찾은 레비로스는 자신의 궁에서 다도를 즐기고 있었다.

하지만 바로 그때, 그의 예상과는 조금 다른 일이 벌어진다.

"전하, 카르사 가문의 레이나 양이 찾아왔습니다."

"레이나?"

"어떻게 하오리까?"

카르사 가문은 레비로스도 익히 잘 아는 가문이었지만, 이번 간택에 얼굴을 비추지 않았다.

분명 황도까지 오긴 했으나 간택장에 모습을 보이지 않았던 것이다.

레비로스는 굳이 자신을 찾아온 손님을 박대하지 않는다.

"들라 하라."

"예, 전하."

이윽고, 붉은색 드레스를 곱게 차려입은 여인이 모습을 드러낸다.

"처음 뵙겠습니다. 레이나입니다."

"앉으시오."

레비로스는 기꺼이 자신의 정원에 있는 의자를 내어주었지만, 그녀는 고개를 가로저었다.

"아닙니다. 그리 긴 얘기는 아니니 서서 하겠습니다."

"뭐, 좋을 대로 하시오."

이윽고 레비로스는 그녀의 잔에 차를 채우며 말했다.

"그래, 이곳까지 찾아온 이유가 무엇이오? 이미 간택은 연기되었소만?"

"저는 간택 때문에 이곳까지 온 것이 아닙니다."

"그럼 무엇 때문에 황태자인 나를 보러 온 것이오?"

"신탁 때문입니다."

"신탁?"

"황태자 전하께서 악의 무리를 토벌하고 미카엘의 대검을 소유하게 될 것임을 예언했던 그 신탁에 대한 것입니다."

순간, 레비로스는 황급히 그녀의 말을 끊었다.

"…이곳에서 할 얘기는 아닌 것 같구려."

"아닙니다. 이미 이곳에는 전하와 저밖에 들어올 수 없는 결계가 쳐져 있습니다."

레비로스는 고개를 들어 그녀가 서 있는 곳 뒤편을 바라보았다.

치직―!

아주 옅은 스파크가 흐르는 결계 덕분에 시종들은 레비로스의 정원에 들어오지 못하고 자꾸만 했던 행동을 반복하고 있었다.

이제 그녀는 본격적으로 얘기를 할 모양인지, 레비로스에게 조금 더 가까이 다가왔다.

"자, 이제부터 격식은 버리기로 하지."

"…뭐요?"

"이렇게 시간을 버리기엔 우리가 갈 길이 너무나 멀거든."

이윽고 그녀는 레비로스의 머리에 손을 댔고, 그의 눈동자에는 아주 짧고도 강렬한 영상이 스쳐 지나간다.

지이잉!

그의 머릿속에는 지금 시간의 흐름을 타고 현재를 유영하는 카미엘의 모습이 보였다.

아마도 그는 지금 우주선을 타고 지구로 돌아가려는 것 같았다.

"카미엘?!"

"네 영혼과 깊게 관련된 저 사내가 누구인지 알 수는 없으나, 우리 일족에게 계속하여 신탁을 내렸다."

"일족?"

그녀는 더 이상의 설명 대신 황궁을 나가는 것을 택했다.

"가지. 너를 만나고 싶어 하시는 분이 계시다."

"뭐요?"

"그분께서 너를 만나고 싶어 하신다고 했다. 그분을 거역하면 아마 이 제국은 더 이상 존속할 수 없을 것이다."

자꾸만 이상한 소리를 해대는 그녀에게 레비로스는 엄청난 적개심을 드러낸다.

"…정체를 밝혀라. 그렇지 않으면 지금 당장 목을 부러뜨릴 것이다."

"지금 내 정체를 드러냈다간 이 황궁이 통째로 날아가 버릴 텐데?"

"뭐라…?!"

그녀는 아주 옅은 미소를 지으며 말했다.

"좋아, 그렇게 나를 이길 수 있다고 확신한다면 이곳에서 나가 확인해 보는 것은 어때? 내가 마족인지 아닌지 의심하는 것 같은데 말이야."

"그렇다면 그쪽은 마족이 아니라는 소리인가?"

"그 해답은 직접 찾는 것이 어때?"

레비로스는 그녀의 물음에 고개를 끄덕인다.

"좋다. 일단 황궁을 나가서 계속하도록 하지."

"후후, 후회하지 않기를 바라."

"내가 할 소리."

그는 자신의 처소에서 대검을 챙겨 그녀를 따랐다.

*　　　*　　　*

황궁에서 나온 레비로스는 정체불명의 여인을 따라 한적한 평야로 향했다.

이곳은 성기사단이 대기하고 있는 병영에서 그리 멀지 않은 곳으로, 마음만 먹는다면 병력을 동원할 수도 있었다.

레비로스는 그녀의 앞에 미카엘의 대검을 내밀었다.

척!

"네가 만약 마족이라면 나와 황실을 기망한 죄는 목숨으로 갚아야 할 것이다."

"후후, 끝까지 자신감이 넘치는군. 하지만 인간은 언제나 겸손해야 하는 법이지."

"그거야 네가 마족이 아니라면 해결될 일이다. 난 인간에겐 겸손해지거든."

"으음, 그것도 좀 어렵겠군."

이윽고 그녀는 서서히 자신의 몸속에 감추어 두었던 마나를 발산시키기 시작했다.

우우우우웅—!

그리고 잠시 후, 그녀의 몸이 붉은빛에 휩싸이더니 이내 엄청난 속도로 자라나기 시작한다.

쿠쿠쿠쿠쿠쿵!

레비로스는 그 모습을 바라보며 잠시 마족의 얼굴을 떠올렸다가 이내 그 생각을 접어버리고 만다.

―나는 인간은 아니다. 그렇다고 마족도 아니지.

"드, 드래곤?!"

―그래, 나는 레드 드래곤의 장로 헬레이나다. 이제야 내가 마족이 아니라는 사실을 믿겠나?

그는 살며시 고개를 끄덕였고, 헬레이나는 레비로스에게 자신의 거대한 손을 내밀었다.

―타라. 로드께 가야 한다.

"로드라면……."

―우리 드래곤 일족의 수장이시다. 그분께서 너를 보고 싶어 하신다.

"그렇군, 그런 사연이 있었어."

이제야 레비로스는 상당히 적대적이었던 자신의 태도를

바꾸어 그녀에게 꾸벅 고개를 숙였다.

"죄송합니다. 마족이라면 아주 치를 떨기에 저도 모르게 나온 것이었습니다."

―괜찮아. 그렇게 지독한 놈들과 마주했다면 당연히 그럴 수도 있지.

이윽고 그녀는 레비로스를 손에 태워 어디론가 날아가기 시작했다.

―꽉 잡아라. 조금 빠를 것이다.

"예, 그런 걱정은……."

그녀는 거대한 날개를 펼쳐 이륙했고, 레비로스는 우주선 과 버금갈 정도로 엄청난 압박을 느꼈다.

슈우우우우웅!

"으으윽……!"

드래곤의 비행능력은 인간이 감히 상상할 수가 없는 것으로, 전방의 피아식별도 제대로 안 될 정도였다.

간신히 그녀의 손에 매달린 레비로스는 약 5분간 비행하여 대륙 최남단에 위치한 알로한 섬에 도착했다.

나르세우스에서 알로한 섬까지는 배를 타고 대략 보름에 서 20일가량을 쉬지 않고 가야 할 정도로 먼 거리다.

그럼에도 불구하고 단 5분 만에 도착했다는 것은 놀라움을 넘어서 경이로움에 이르는 일이었다.

얼떨떨한 표정의 레비로스, 헬레이나는 실소를 흘리며 그
를 바닥에 내려놓았다.

"내려라."

"…고맙습니다."

이제 텔레파시 대신 육성을 사용한 헬레이나는 네 발로 천
천히 걸어 그를 인도하기 시작했다.

"쉬지 말고 따라와라."

"예, 알겠습니다."

드래곤의 움직임은 생각보다 부드럽고 유연했다.

게다가 거대한 몸이라고는 전혀 믿기지 않을 정도로 빠르
게 걸었다.

그런 그녀를 따라가자면 부지런히 달려도 모자랄 것이었
다.

레비로스는 지금까지 쌓아두었던 체력을 시험하려는 듯,
전력질주로 그녀를 따르기 시작했다.

＊　　　＊　　　＊

드래곤 로드 아나베르스의 둥지는 다섯 개 대륙 전체에 걸
쳐 분포되어 있는데, 일족이 움직이는 상황에 따라서 유동적
으로 거처를 정했다.

이번에 그는 레비로스를 만나기 위해 이곳, 알로한 섬에 위치한 거처로 직접 이동하게 된 것이었다.

그는 본체로 현신하여 둥지 안쪽에 똬리를 틀고 앉아 있었는데. 금빛 눈동자와 호박색 갈기털이 햇빛에 반사되어 화려하게 빛나고 있었다.

아나베르스는 자신을 찾아온 레비로스를 반갑게 맞이한다.

"자네가 황태자 레비로스인가?"

"예, 그렇습니다. 로드."

"반듯한 청년이라고 들었네. 그래서 대천사의 검을 얻은 것이겠고."

"그래봐야 미천한 생물에 불과합니다."

겸손과 차분함이 기본 덕목인 드래곤에게 레비로스의 정중한 태도는 호감을 사기에 충분했다.

슬쩍 올라간 입꼬리는 분명 레비로스를 향해 미소를 짓고 있었을 터였다.

그는 거대한 금색 눈동자를 끔뻑이며 말했다.

"자네와 함께하는 동료들이 있다고 들었네."

"예, 그렇습니다. 주신교의 사제들과 성기사단이 저와 함께하고 있습니다."

"그들은 신탁을 듣고 그대를 기다린 것이고?"

"예, 로드."

아나베르스는 그에게 드래곤 비늘로 만든 금빛 서판을 내밀었다.

"이게 무엇인지 아는가?"

"서판처럼 보입니다. 언뜻 보면 금덩어리 같기도 하고요."

"그래, 나의 비늘로 만든 것이니 금덩어리라고 할 수도 있지. 하여간 이것은 일반적인 서판이 아닐세. 시공간을 초월하여 나 자신과 소통할 수 있는 유일한 도구이지. 하지만 3만 년을 살아오면서 나는 이 서판을 단 한 번도 사용해 본적이 없었다네. 그저 태어난 날을 기념하기 위해 하나 만들어두었을 뿐이지."

"그렇군요."

"헌데 100년 전, 내가 사용하지도 않았던 서판이 빛을 발했다네. 그때의 나는 멸종된 몬스터들을 되살리는 작업을 한창 진행하고 있었지. 몬스터들도 루아나드 생태계를 조성하는 중요한 일원들이거든."

그는 자신이 만들어놓은 몬스터도감을 서판 옆에 놓으며 말을 이어나갔다.

"내가 몬스터도감을 만들고 분포지역을 순찰하고 있는데, 이 서판이 한순간 빛나기 시작했어. 그리고 그 안에서 미래의 나를 보았지. 미래의 나를 보는 기분이란……."

아나베르스의 거대한 눈동자가 살며시 떨려오고 있었고, 금빛 비늘은 소름이 돋은 듯 바짝 날이 서버렸다.

"아직도 그 기분이 또렷하게 남아 있어. 이 늙은 몸이 소름 끼쳤다고 말할 정도라면 얼마나 희한한 경험인 줄 알겠지?"

"그렇겠군요. 미래의 자신과 얘기할 수 있는 경험이 얼마나 있겠습니까?"

"그래, 처음엔 기절할 뻔했어. 너무 놀라서 말을 할 수 없었거든."

3만 살이나 먹은 드래곤 로드이지만 자신 스스로와 대화한다는 것은 상당히 이례적인 일이었다.

또한, 스스로에게 대화를 시도한다는 것은 분명 뭔가 큰 문제가 벌어졌다는 뜻이기도 했다.

"아무튼 나 스스로에게 말을 건 미래의 나는 황폐화 된 루야나드 대륙과 드래곤들의 시신을 보여주며 말했네. 미래엔 마족과의 전쟁이 일어날 것이며, 그들은 이곳을 피로 물들인 것으로 모자라 지구라는 차원까지 점령한다고 말이지. 미래의 나는 나에게 100년 후의 일을 차근차근 준비해야 한다고 말했어. 그래서 나는 루야나드 5개 대륙에 흩어져 있던 신물을 모두 모아서 나르서스 제국의 중앙신전에 기부했다네."

레비로스는 그제야 일이 어떻게 돌아갔던 것인지 알 수 있었다.

지금까지 일어났던 역사의 대부분은 아나베르스가 관여하여 조종이 되었던 것이었다.

"그 이후엔 성기사들을 사방으로 흩어지게 만들었고, 그 세력은 자네가 각성하게 될 쯤에 모이도록 계획했다네."

"그럼 제가 미래에서 올 것임을 이미 알고 계셨단 말입니까?"

"아까도 말했지만 나는 미래의 나와 대화를 나누었네. 그는 블랙드래곤이 본 자네의 영혼이 이곳에 있다고 말해 주었지. 그래서 나는 자네가 움직이는 동시에 일이 진행되도록 설계를 해두었던 것이지."

"아하… 그런 사연이……."

아나베르스는 그가 차고 있는 미카엘의 대검을 가리키며 말했다.

"그 대검은 인간들의 왕 중에서도 최초로 미카엘을 맞이했던 전사의 혈통을 타고난 사람만이 발동시킬 수 있네. 대천사 미카엘이 신마대전을 마무리 지으면서 그와 같은 장치를 만들어낸 것이지. 대천사의 검은 마족들을 박멸하는데 탁월한 효능을 가지고 있다네. 만약 그것을 올바르게 사용한다면 지구라는 차원에 창궐한 마족을 토벌하는데 전혀 문제가 없을 거야."

이미 레비로스가 어떤 사람이고 미래가 어떻게 될 것인지를 파악한 아나베르스는 치밀하게 계획을 짜고 그것을 실행에 옮겼던 것이다.

"이제 자네는 우리 드래곤 일족과 함께 마계의 문을 열고 들어가 그곳에 잠자고 있는 모든 마족과 마계생물을 해치워야 하네. 그리고 나면 대천사의 검이 각성하면서 자네가 잠들어 있던 마왕의 몸이 영원히 없어지게 되는 것이지. 하지만 그 대신 자네는 반 천족으로서 이 세상에 머물게 될 걸세."

"반 천족이라면 무엇을 말씀하시는 것인지요?"

"한마디로 자네는 대천사의 대리인으로서 성국과 교단을 이끌면서 마계를 봉인하고 중간계를 수호하면서 살아가야 한다는 소리지."

지금까지 레비로스는 자신이 어째서 그런 엄청난 일이 휘말려 루야나드라는 차원을 날려버렸는지 이해를 할 수 없을 정도로 괴로워했다.

하지만 이제 그 모든 것을 바로잡을 수 있는 기회가 찾아온 것이다.

"어떤가? 신의 뜻에 따를 준비는 되었나?"

"물론입니다. 맡겨만 주신다면 지구라는 차원을 청소하고 마족들을 짓누르는 사자가 되겠습니다."

"좋네. 이제 우리와 함께 마계로 내려가세나."

"예, 로드."

레비로스와의 면담을 마친 아나베르스는 자신의 곁에 서 있던 헬레이나에게 말했다.

"모든 일족들을 소집시키게. 마계를 칠 것이네."

"예, 로드."

이윽고 그녀는 자리를 비웠고, 6천에 이르는 드래곤의 군대가 루야나드 대륙으로 집결하기 시작했다.

*   *   *

드래곤은 대략 50가지의 지파로 이뤄진 종족인데, 이중에 대표적인 지파는 7가지다.

그 첫 번째는 드래곤 로드가 속했던 빛의 지파 골드 드래곤이며, 그들은 상당히 높은 지능을 가지고 있다.

그 이후로는 음양오행과 얼음, 전기 등의 원소로 이뤄진 레드, 블루, 화이트, 실버, 그린, 블랙 순으로 이뤄져 있다.

이들 각 지파의 수장들은 모두 1만 년 이상을 산 에이션트 드래곤이며 실제로 세상에 모습을 드러내는 일은 거의 없다.

이들 원소 지파들의 휘하에는 각 지파들이 교배로 얻은 하프 드래곤들이 포진해 있다.

하프 드래곤들은 나무와 빛을 다루는 크림슨 드래곤이나

전기와 돌을 다루는 갈리아나 드래곤처럼 두 가지 능력을 함께 사용하는 혼혈들이다.

하지만 원소 드래곤들이 교배로 얻은 이들이 하프 드래곤이기 때문에 4천살 이하의 어린 드래곤이 대부분이다.

하프 드래곤들은 보통 원소 드래곤보다 상당히 낮은 전투력을 가졌는데, 아직 용언이 성숙되기 전이기 때문이다.

그러나 용언이 거의 없는 상태이지만 혼혈의 특성을 제대로 살린다면 그와 견주어도 손색이 없을 정도로 강력하다.

레비로스는 마그나 산맥 초입에 모여든 6천의 드래곤을 바라보며 탄성을 내질렀다.

"이것이 바로……."

형형색색의 드래곤들은 자신이 가진 특유의 색을 뿜내며 그 위용을 드러내고 있었다.

성기사단 역시 레비로스와 같은 표정으로 그 위용을 바라보고 있었다.

"역시 최강의 생명체다운 면모군요."

"그러게 말입니다."

마이언트 역시 드래곤들의 기세에 성기사단장 특유의 무게감을 내려놓은 것 같았다.

신기한 눈으로 거대생명체들을 바라보던 레비로스와 성기사단에게 아나베르스는 진격의 시간이 다가왔음을 시사했다.

"이대로 군대를 이끌고 내려가자고. 인간들은 드래곤들의 비늘에 안착하여 마그마를 통과하여 내려갈 수 있을 걸세."

"예, 알겠습니다."

3만 2천의 군세는 6천의 드래곤에게 의지하여 마그마를 통과하기로 했다.

*   *   *

약 두 시간 후, 태어나 처음으로 마그마를 통과하여 마계에 안착한 성기사단은 바짝 긴장된 표정으로 전방을 바라봤다.

레비로스는 그들의 선봉에 서서 돌격 준비를 하고 있었다.

쳉!

"우리가 마계를 정리하고 나면 인간계에는 평화가 찾아올 것이다! 절대로 물러서지 마라!"

"예!"

병사들의 선봉에 선 레비로스가 가장 먼저 마계를 향해 쇄도해 들어갔다.

"돌격!"

"와아아아아!"

"루야나드를 위하여!"

마계는 거대한 부화장처럼 생겼는데, 마왕의 부활을 위해 엄청난 숫자의 애벌레들이 열심히 마력을 축적시키고 있었다.

하지만 아직 마왕이 부활하지 못하여 그 위력은 제대로 발현되지 못하는 것 같았다.

다만 100만이 넘는 좀비와 셀룹이 애벌레들을 보호하기 위하여 결사항전을 준비하고 있었다.

3만과 200만의 싸움, 겉보기론 인간들에게 전혀 승산이 없어 보였다.

하나, 그들의 뒤엔 지상 최강의 생명체인 드래곤들이 든든하게 버티고 서 있다.

아나베르스는 하늘 높이 날아올라 어린 드래곤들을 이끌고 후방에서부터 밀려들어오는 몬스터들에게 브레스와 마법을 퍼부었다.

─크아아아아앙!

─아이스 스톰!

형형색색의 브레스와 함께 10서클 이상의 고위 마법이 마계를 휩쓸었고, 몬스터들은 추풍낙엽처럼 사라져 버렸다.

"크웨에에에엑!"

"끼에에엑!"

이제 길을 튼 아나베르스는 다시 돌아서 마력을 보충하였고, 레비로스와 성기사단은 한층 더 가벼워진 마음으로 적들을 베어 넘겼다.

"죽어라!"

퍼억!

그의 일격에 무려 100마리가 넘는 좀비가 쓰러져 내렸고, 병사들 또한 일당백의 기세로 몬스터들을 상대했다.

사기는 하늘을 찌를 듯이 높았고, 병사들은 절대로 물러서지 않을 기세로 전쟁을 이끌었다.

퍽퍽퍽!

무려 200만에 가까웠던 몬스터들이 사라지는데 걸린 시간은 고작 한 시간.

레비로스는 예상보다 훨씬 빨리 부화장에 닿을 수 있었다.

그는 자신의 뇌리에 아주 정확하게 각인된 중앙부화장을 바라봤다.

"저것이다! 저것이 바로 몬스터들을 생성하는 모체다! 저것을 없애면 우리의 승리다!"

"와아아아아아아아!"

부화장은 거대한 생명체로, 그 피부가 마치 돌덩이처럼 단단하고 몸에서는 계속해서 산성 물질이 뿜어져 나온다.

때문에 일반적인 사람들은 부화장 가까이에 가기만 해도 몸이 녹아내려 죽어버리고 말 것이다.

허나 이들은 미카엘의 대검에 의해 받은 보호막 덕분에 독성 물질의 공격에서 안전할 수 있었다.

병사들은 자신들이 든 성수 병을 투창에 매단 후, 그것을 무차별적으로 집어 던졌다.

퍽퍽퍽!

치이이이이익!

"끼이이이이이이익!"

"효과가 있다! 지금 이대로 저놈들을 아예 산산조각 내버리는 것이다!"

마족들은 재상 라이먼트를 향해 단단히 뭉치는 중이었으나, 대부분의 고위 마족은 아직 제대로 힘을 회복하지 못한 상태였다.

그래서 지금 부화장 속에 들어 있는 알에 몸을 숨긴 채 마력을 충전하고 있었던 것이다. 그런 상황에서 갑작스럽게 성수세례를 맞았으니, 당연히 몸이 남아날 리가 없었다.

"끄아아아악! 이런 빌어먹을 인간들 같으니!"

레비로스는 자리에서 일어나 발악하는 고위 마족들을 차례대로 쳐냈다.

퍽퍽퍽!

"크헉!"

"나락으로 떨어져라!"

무려 50명의 고위 마족을 처단하고 나니, 서서히 마계의 핵에 금이 가기 시작했다.

끼기기기긱—!

레비로스는 자신의 대검에 온 신경을 집중시켜 백색의 검
기를 만들어냈다.

우우우우웅!

카미엘은 스스로 검기를 만들어내는 레비로스를 바라보며
감탄사를 연발한다.

"소드 마스터?!"

지금껏 대륙에 나타났던 소드 마스터는 열 명 남짓으로, 대부
분은 오랜 세월이 흘러 사망한 상태였다. 비록 반쪽이긴 해도
레비로스는 그 계보를 잇는 사람으로 다시 태어난 것이었다.

레비로스가 만들어낸 거대한 검기가 마계의 핵을 강타했
고, 그 외핵이 파괴되면서 마계가 붕괴하기 시작했다.

콰아아앙!

"성공이다! 마계가 붕괴한다!"

"와아아아아아아!"

성기사단은 마침내 마계를 붕괴시켰고, 라이먼트와 데이
몬은 두 번 다시 부활할 수 없게 되어버렸다.

8장

다시 지구로 I

　레비로스와 성기사단은 마계를 붕괴시킨 후, 곧장 아나베르스의 둥지로 돌아왔다.

　그들은 반천족, 그러니까 최초의 교황과 같은 신성한 육체를 가진 천사의 대리인 맞이할 준비를 서두르고 있었던 것이다.

　비록 술고래에 난봉꾼으로 통했던 레비로스였지만 순수 혈통을 이은 모험가로서 그 존재를 인정받아 다시 태어나게 된 것이었다.

　아나베르스는 마계에서 가지고 온 마계의 내핵을 레비로

스에게 건넸다.

두근, 두근!

엄청난 기세로 마기를 내뿜는 내핵을 레비로스가 정화하게 되면 그 즉시 대천사의 심장으로 변모하기 때문에 그는 천족의 심장을 가진 인간이 될 것이다.

레비로스는 대천사의 반지를 내핵에 가져다 대었고, 그것은 순식간에 검은색 내핵의 색을 순백색으로 바꾸어 나갔다.

끼기기기기기기기―!

"으윽!"

날카로운 파공성이 둥지 전체를 감싸는 바람에 인간들은 이미 피신한 상태였고, 드래곤들 역시 귀를 막고 있었다.

인간이 버틸 수준이 아닌 파공성을 억지로 버티고 선 레비로스는 계속해서 내핵을 감싸고 있던 마기를 날려버렸다.

우드드드득!

"크헉!"

그는 심장 부근을 감싸고 있던 뼈가 다 부러지고 장기를 보호하던 근육이 파열되어 더 이상 서 있을 수도 없을 정도로 심각한 타격을 받았다.

하지만 그는 여기서 포기하는 과오를 범하지 않았다.

'어차피 한 번 죽었던 몸이다! 이 몸이 타들어가 없어진다고 해도 여한은 없다!'

레비로스는 계속해서 정신을 집중시켰고, 드디어 내핵이 변이를 일으켰다.

뚜둑— 뚜두두두두둑—!

무려 3만 개의 파편을 만들어낸 내핵은 서서히 그 색을 순백색으로 바꾸어 나갔고, 결국엔 레비로스의 신성력과 같은 기운을 뿜어내는 대천사의 심장으로 탈바꿈했다.

화아아아아악!

"으윽!"

드래곤조차 더 이상 이곳에 머물 수 없어 잠시 자리를 피했고, 레비로스는 그 신성한 빛에 몸을 맡겼다.

그 빛은 마치 복중의 태아를 품는 산모처럼 따뜻한 기운을 갈무리하고 있었고, 그 기운은 다시 레비로스에게 전이되었다.

그 과정에서 그의 모발은 전부 다 빠져 불타버렸고, 새로운 모발이 자라나 검은색 모발을 대신했다.

그리고 눈동자 역시 흘러내려 공중으로 흩어져 버렸고 그를 대신할 순백색의 눈동자가 생겨났다.

"하아, 하아……."

자욱하던 연기가 걷히자, 새하얀 백발에 은색 눈동자를 가진 레비로스가 그 모습을 드러냈다.

죽을힘을 다해 버틴 레비로스는 극심한 고통을 이겨내고

마침내 대천사의 날개를 얻어냈다.

촤락!

눈부신 흰색 깃털로 이뤄진 대천사의 날개는 완전하게 레비로스의 신체일부가 되었고, 이제는 마음껏 천공을 날아다닐 수 있을 것이다.

잠시 자리를 피했던 드래곤들과 인간들은 그를 바라보며 경외에 찬 눈빛을 보냈다.

"오오! 저것이 바로 신성력의 결정체?!"

"천사다! 우리의 앞에 천사가 나타났다!"

몇몇 인간들은 레비로스에게 납작 엎드려 절을 올렸고, 드래곤들 역시 감동에 젖은 표정을 지었다.

하지만 정작 천사의 몸을 갖게 된 레비로스는 상당히 피곤한 기색이 역력했다.

"조, 졸린데……."

이윽고 그는 너무나도 쉬고 싶은 마음에 그만 그 자리에 벌러덩 누워버렸고, 성기사들은 그를 레어의 안쪽으로 옮겨주었다.

* * *

대천사의 심장을 삼킨 레비로스는 이제 미카엘의 대리인

으로서 성기사단은 물론이고 모든 사제들과 신녀들을 총괄하는 교황으로 추대될 것이다.

하지만 그전에 그가 진정으로 해야 할 일이 하나 있었으니, 그것은 바로 지구로 도망간 미래의 마족들을 처단하는 것이었다.

마족들을 처단하는 것은 그리 어려운 일이 아니었지만 그가 블랙홀로 다시 돌아간다는 것은 생각보다 그리 쉬운 일은 아니었다.

이곳에는 결정적으로 블랙홀을 찾을 수 있는 장치가 갖추어져 있지 않았고, 그곳까지 갈 수 있는 우주선이 개발되지 않았기 때문이었다.

하지만 드래곤들은 이것을 자신들의 엄청난 마력와 용언으로 해결하기로 했다.

아나베르스는 드래곤 일족이 모두 힘을 합친다면 충분히 우주를 돌아다닐 수 있을 것이라고 확신했다.

그는 양피지 위에 자신이 계획한 그림을 그리기 시작한다.

인간의 몸으로 폴리모프한 그는 동그란 원형의 루야나드에서 드래곤들이 일렬로 늘어선 설계도를 그렸다.

"이곳이 바로 우리가 살고 있는 행성, 그러니까 한마디로 물질계이다. 그런데 이곳을 빠져나가자면 엄청난 희생이 따른다. 우리들의 비늘로도 버틸 수 없는 압력과 중력이 존재하기 때문이지."

"그럼 이곳을 도대체 어떻게 빠져나간단 말입니까?"

"그래서 내가 이렇게 길다린 텔레포트 대형을 잡은 것 아닌가?"

"텔레포트?"

"드래곤들은 선천적으로 마력을 조절할 수 있는 탁월한 능력을 타고났다. 그렇기 때문에 이론만 알고 있다면 공간 이동을 실현시킬 수 있다는 소리지."

"흐음……."

그는 미래의 자신에게서 받았다던 초단거리 공간 이동에 대해서 설명한다.

"우리는 지상에서부터 텔레포트를 처음 시전하여 무려 6천 번의 공간 이동을 실시할 것이다. 이것을 가능케 하는 것은 바로 대기에 구멍을 뚫는 일이다."

"대기에 구멍을 뚫는다니, 그게 말이나 됩니까?"

드래곤들은 물론이고 레비로스까지 납득하기 힘들다는 표정을 지었지만, 아나베르스는 고개를 가로저었다.

"말이 되네. 실제로 미래의 내가 직접 실험까지 했고, 단거리 텔레포트는 성공을 했다네. 차원과 차원을 오가는 마법이라면 몰라도 대기에 구멍을 뚫어 마법의 공간을 만드는 일은 가능해."

"그렇지만 잘못해서 그 대기에 갇히기라도 한다면 어떻게 합니까?"

"죽어 없어지는 것이지. 하지만 이대로 마족들의 도주를 내버려 둔다면 그 역시 세상의 종말을 조장하는 꼴이 되고 말 걸세."

"흠……."

가만히 그의 이론을 분석하던 레비로스가 이내 고개를 끄덕였다.

"그럼 그렇게 하시죠."

"저, 정말 저런 식으로 공간 이동을 해도 괜찮겠어?"

"물론입니다. 저는 이미 두 번이나 공간 이동을 경험했습니다. 제가 보았을 때, 그 공간 이동은 아주 터무니없는 일은 아니었습니다."

"흠……."

"다만, 제가 다시 블랙홀을 찾아갔을 때에 시간을 역행할 수 있을 지는 미지수입니다."

드래곤들은 당사자의 괜찮다는 말에 이내 자신들의 의견을 잠시 접어두었다.

"좋아, 그렇다면 공간 이동을 결행하시지요. 저희는 어차피 로드와 대천사의 대리인을 따를 뿐이니까요."

"맞습니다."

최고의 지성과 도저히 가늠을 할 수 없을 정도로 깊은 학식을 가진 드래곤들이지만, 어느 순간에는 현실적인 것보다는 대상에 대한 믿음으로 의사를 결정하기도 한다.

그들은 눈에 보이는 것이 전부가 아니라는 사실을 그 누구보다 잘 알기 때문이었다.

레비로스는 그들에게 깊이 고개를 숙였다.

"고맙습니다. 반드시 차원이동에 성공하여 모든 것을 원래대로 되돌려놓겠습니다."

"그래, 꼭 그렇게 해주시게."

드래곤들은 이제 레비로스 한 사람을 위한 작전을 결행하기로 했다.

*   *   *

아나베르스의 계획은 생각보다 이상적이었지만 문제는 블랙홀이 도대체 어디쯤 있느냐는 것이었다.

드래곤은 물론이고 레비로스조차 블랙홀의 정확한 위치를 알기는 힘들었다.

인간으로서 숨을 쉬어야 하는 레비로스는 6천 번의 공간 이동을 통해 정확하게 블랙홀의 안까지 들어가야 하는 것이다.

이 과정에서 155명의 원로 드래곤은 다시 루야나드로 돌아갈 것이고, 나머지 드래곤은 블랙홀 안으로 함께 들어가게 될 것이다.

그렇게 되면 레비로스는 우주의 공간에서도 숨을 쉴 수 있을 뿐만 아니라 드래곤의 비늘을 덮은 채 우주를 유영할 수 있게 된다.

이것은 레비로스를 살리기 위한 일이기도 하지만 동시에 미래에 죽어버렸을 드래곤들을 살리는 일이기도 하다.

레비로스는 이미 이 세상에 없었던 사람이기 때문에 현생에 존재하자면 새로운 육체를 형성해야 했다.

지금 대천사의 심장을 가져 신체를 새롭게 구축하긴 했지만 원래 그의 시신은 이미 없어져 버렸다는 소리다.

그런 고로, 만약 그가 저 세상으로 날아가는 순간 세계선의 붕괴가 일어날 수도 있다.

이러한 붕괴를 막을 수 있는 유일한 길은 지구에서 희생된 사상자들과 드래곤들, 거기에 루야나드의 사상자들까지 전부 되살리는 일이다.

그렇게 되면 시간은 마족이 창궐하기 전으로 돌아갈 것이고, 죽었던 사람들은 다시 예전처럼 땅을 밟으며 살아갈 수 있을 것이다.

하지만 이 모든 것을 가능케 하는 것은 블랙홀의 정확한 위치를 파악하는 일이다.

이 모든 것을 실행하기 위해 아나베르스는 서판을 사용하기로 했다.

대륙 남부에 위치한 아나베르스의 둥지에 모인 드래곤과 레비로스의 성기사단은 미래의 아나베르스와 대면을 가졌다.

금빛 서판을 높게 들어올린 아나베르스는 미래의 자신에게 대화를 청한다.

"시간과 공간을 뛰어넘어 나에게 묻는다!"

그의 간단한 주문은 용언으로 이뤄져 있기 때문에 서판이 강력한 힘을 발동시키기에 충분했다.

아나베르스가 용언을 외우자, 서판에서 엄청난 양의 빛이 쏟아져 나오기 시작했다.

지이이이잉!

"으윽!"

일제히 고개를 돌려 빛을 피해낸 일행들은 이윽고 들리는 아나베르스의 목소리에 눈을 떴다.

─과거의 그대들이 나를 찾은 건가?

"그렇다. 나는 드래곤 로드 아나베르스다. 그대가 미래의 나인가?"

─그래, 그렇다. 오랜만이군.

자신과의 대화에 스스럼없는 아나베르스, 아무래도 그는

저번에 이뤄졌던 대면으로 자신을 마주하기가 한결 나아진 모양이었다.

하지만 오히려 그의 뒤에 선 이들은 또 다른 아나베르스를 바라보며 묘한 감정을 느끼고 있었다.

미래의 아나베르스는 이미 과거의 자신이 자신을 찾을 것을 알았다는 듯이 물었다.

─연락을 해올 줄 알았다. 신탁이 성공하여 레비로스를 각성시킨 모양이군.

"그렇다. 이제 블랙홀이라는 아공간을 찾아 나설 일만 남은 셈이다."

이윽고 미래의 아나베르스는 서판을 돌려 자신의 곁에 서 있던 미래의 카미엘을 비추었다.

순간, 과거의 카미엘이 눈을 부릅떴다.

"어, 어어……?!"

─과거의 어린 내가 저기에 있다니, 느낌이 새롭군.

중년의 카미엘은 아직도 날카롭게 날이 선 인상에 탄탄한 몸을 가지고 있었다.

오히려 어린 시절의 카미엘보다 훨씬 더 멋이 들어 있는 것 같았다.

그는 아나베르스를 포함한 전부에게 블랙홀이 어디쯤 있는지 설명하기 시작한다.

─지금 그대들이 있는 곳은 태양에서 세 번째로 멀리 떨어져 있는 곳이요. 블랙홀은 바로 네 번째 행성부근에 있소.

카미엘은 자신이 가지고 있던 화성의 사진을 보여주며 말했다.

─내가 지금부터 하는 말을 잘 들으시오. 이것은 우리 은하계에서 '화성'이라고 부르는 행성이오. 표면이 모두 붉은색으로 되어 있지. 이것을 찾는 방법은 정확한 시기에 맞춰 출발하여 일정한 거리만큼 이동하는 것이오.

그는 검은색 칠판에 분필로 그림을 그리면서 행성에 도달할 수 있는 방법에 대한 설명을 이어나간다.

─보는 바와 같이 루야나드는 태양을 따라서 일정한 속도로 계속 돌아가고 있소. 이것을 공전이라고 부른다오. 또한 지구는 스스로 회전하며 하루 24시간을 만들어내고 있소. 이것을 바로 자전이라고 부르며, 이로 인하여 지구는 중력을 갖게 될 수 있는 것이오.

"아하! 그래서 인간이 날아오를 수 없는 것이었군……."

─그 중력이라는 것이 없다면 진즉 루야나드는 인간이 살 수 없는 불모지가 되어버렸겠지.

카미엘은 마도학을 연구하는 사람으로서, 마법뿐만 아니라 자연적인 현상에 대해서도 상당히 깊은 조예를 가지고 있었다.

하지만 루야나드의 지식이라는 것은 지구의 1만 분의 1도 안 되는 원시적인 것이기 때문에 지구가 자전한다는 지식조차 갖지 못했던 것이다.

아니, 이 우주라는 공간이 있다는 사실조차 알 수 없었으니 어쩌면 그보다 더 못할 수도 있을 것이다.

카미엘은 그런 그들에게 최대한 쉬운 방법으로 자전과 공전을 설명한 것이다.

─아무튼 지구는 태양을 향해 일정한 궤도를 유지하며 도는데, 이것은 모든 행성이 가진 공통된 현상이오. 루야나드는 물론이고 화성 또한 같은 궤도를 그리고 공전하고 있소.

그는 칠판에 원을 그리고 공전 현상이 계속되다 지구와 화성이 일렬로 서는 것을 표현했다.

─그렇다면 지구에서 화성으로 가자면 둘 사이의 거리가 가장 가까워야 할 것이 아니겠소? 그 시기가 바로 이렇게 지구와 화성이 태양의 한쪽 면에 일직선으로 서게 되는 시기요. 그중에서도 자전주기가 정확하게 화성으로 향할 때, 이때를 이용해야 단번에 화성까지 갈 수 있단 말이오.

"흠……."

─그리고 또 하나, 우주로 나아가기 위한 조건이 하나 더 있소.

미래의 카미엘은 레비로스를 가리키며 말했다.

―레비로스가 지금 각성을 했다면 이미 인간을 초월했을 것이오. 하지만 우주의 공간은 대기라는 존재하지 않고 온도 자체가 상상을 할 수 없을 정도로 춥기 때문에 레비로스는 우주의 공간에 아주 약간의 시간만 노출되어도 당장 죽어버릴 것이오. 그렇기 때문에 블랙홀과의 거리를 아주 정확하게 산출하여 블랙홀에 도착하되, 레비로스가 죽지 않도록 하는 것이 관건이오. 단 아주 미세한 시간이라도 오차가 발생하게 되면 그는 당장 죽어버릴 것이오. 그러니 그것을 미연에 방지하는 것이 중요하다는 소리지.

그는 수많은 드래곤들 중에서 한 사람을 지정하며 말했다.

―그대는 금색과 붉은색을 동시에 가진 드래곤이군요.

"그렇소."

―그렇다면 그대가 레비로스를 심장 부근에 있는 역린에 품고 가도록 하시오.

"역린에 사람을 품는다?"

역린은 드래곤의 급소인 심장을 가리는 아주 단단하면서도 헐거운 비늘을 일컫는 말이다.

온몸이 철갑처럼 단단한 비늘로 된 드래곤이지만 유독 반대의 결로 된 하나의 비늘이 존재한다.

이것은 심장으로 들어가는 급소를 지키는 역할을 하는데, 그 단단함은 타의 추정을 불허하지만 비늘의 한 부분이 들려 있다는 것이 문제다.

드래곤들은 이곳을 가장 신성하게 여기며 역린을 드러내는 자체를 상당히 꺼린다.

하지만 그는 흔쾌히 자신의 역린을 레비로스에게 양보하기로 한다.

"내가 희생해서 레비로스가 안전할 수 있다면 그렇게 하겠소."

—고맙소. 그대가 이제부터 레비로스를 지켜야 하오. 물론, 6천 명에서 한 명이라도 빠지면 마나의 큰 공백이 생기겠으나 화성까지 도달하는 것이 전혀 불가능하지는 않을 것이오.

이제 자신이 아는 모든 것을 전달한 카미엘은 무운을 비는 마지막 인사를 전한다.

—우주의 공간은 무한하고 위험하기 짝이 없는 곳이오. 부디 몸조심하여 건강한 모습으로 지구에서 만납시다.

이윽고 서판에 나타나던 영상은 끊어져 버렸고, 드래곤들은 결연한 의지를 다졌다.

*　　　*　　　*

미래의 카미엘이 말했던 루야나드와 화성 간의 최단거리

접근 시기는 대략 일주일 후였다.

그는 당시의 상황으로 미뤄봤을 때, 여름이 막 지나갈 무렵에 출발하는 것이 가장 좋다고 판단했다.

이 모든 것은 대략적인 계산으로 만들어진 가설이었기 때문에 드래곤들이 작전에 실패할 가능성도 있었다.

하지만 그들은 자신의 목숨을 버리는 것을 전혀 두려워하지 않았다. 아니, 오히려 지구라는 차원을 만난다는 생각에 한껏 들뜨기까지 했다.

아나베르스는 길을 떠나는 드래곤들이 먹을 식량을 준비했는데, 이것은 지금까지 그가 차곡차곡 모아두었던 용언덩어리들이었다.

그는 미래에서 소식을 받았던 순간부터 우주의 여행을 위해 계속해 준비를 해두었던 것이다.

지금까지 그가 만든 용언덩어리는 총 15만 개, 이정도의 분량이면 지구까지 여행하는데 모자람이 없을 터였다.

레비로스 역시 신전에서 만든 성수의 응축체를 가방에 가득 채워 출발 준비를 마쳤다.

드래곤들은 본체로 연신하여 루야나드 중앙대륙에서 가장 높은 곳인 하엘린 산맥 꼭대기에 섰다.

휘이이이잉!

한 여름임에도 불구하고 눈보라가 몰아치고 있는 하엘린

산맥 꼭대기에 선 아나베르스는 자신을 필두로 모인 드래곤들에게 말했다.

"잘못하면 죽을 수도 있다. 미리 말하지만 빠질 사람은 지금 빠져라."

"아닙니다. 우리는 미래를 위해 죽을 준비를 마쳤습니다. 이깟 몸 하나 없어지는 것은 전혀 두렵지 않습니다."

"그래, 좋다. 그렇다면 6천 명 전원이 출발하는 것으로 알겠다."

이윽고 그는 자신의 손자인 카르시온의 역린에 들어가 있는 레비로스를 바라보며 물었다.

"가장 중요한 것은 자네가 아닌가? 마음의 준비는 되었나?"

"이미 사선을 두 번이나 넘었습니다. 다시 한 번 넘는다고 해서 달라질 것은 없습니다."

"그렇군."

이들은 화성까지 목숨을 걸고 여행하게 되지만, 그 이후에도 블랙홀이라는 아공간에서 두 번째 도박을 해야 했다.

이중에 한 명이라도 살아남을지 알 수 없다는 소리였다.

그렇지만 6천의 드래곤들은 자신의 모든 것을 불태우기 위해 여행을 서둘렀다.

"로드, 때가 되었습니다. 이제 해가 지고 있습니다."

"그래, 알겠네."

어슴푸레 땅거미가 지는 시기에 출발하기로 한 이들은 일제히 마력과 용언을 발동시켰다.

—우우우우우웅!

아직 용언이 여물지 않은 드래곤들은 용언덩어리를 삼켜 마나와 융합시켜 용언을 펼쳤다.

아나베르스는 자신에게 가장 많이 축적된 용언을 한 번에 개방시켰다.

—가자!

—예, 로드!

그의 용언의 파동을 따라서 6천 명의 드래곤들은 대기를 갈라 아공간을 만들어냈다.

—이동!

파바바바밧!

6천 명의 드래곤이 일제히 아공간에 몸을 밀어 넣었고, 그들의 몸은 순식간에 자취를 감추어 버렸다.

*   *   *

드래곤들이 펼친 이동법의 개요는 이러하다.

먼저 용언과 마나가 가장 많은 아나베르스가 자신의 심장을 일부 희생하여 6천 명의 드래곤들을 아공간으로 이동시킨다.

그리고 나면 6천 명이 차례대로 자신의 심장을 희생하여 이동을 지속해 나가는 것이다.

이렇게 심장을 하나씩 희생시키게 되면 대략 30%의 용언과 마나가 남아 있는 상태로 화성에 도착하게 될 예정이었다.

그 이후에는 곧장 블랙홀로 들어가 아공간에서도 무형의 물질이 공존하는 검은 공간에 몸을 밀어 넣을 것이다.

이 모든 과정이 끝난 이후엔 죽음과 생존, 둘 중에 하나의 결과만이 존재하게 되는 셈이다.

파바바바밧!

루야나드를 벗어난 드래곤들은 엄청난 속도로 대기를 뚫고 이동했고, 마침내는 우주 공간에 도착할 수 있었다.

이제 그들은 대기가 존재하지 않는 우주에 상처를 내어 오로지 축적된 용언덩어리들만 이용하여 이동을 지속하게 될 것이다.

드래곤들은 너무나도 정신을 집중하느라 전경을 살필 겨를이 없었지만 레비로스는 그렇지가 않았다.

그는 자신이 보았던 우주선에서의 광경보다 훨씬 더 아름다운 검은색 우주를 바라볼 수 있었다.

"이것이 바로 맨살로 느끼는 우주……?"

지금 그는 물질계의 이면에 존재하는 또 다른 공간과 현실 세계의 경계면을 관찰하고 있는 중이다.

이는 그 어떤 인간과 드래곤들도 경험한 적이 없는 것으로, 한시도 눈을 뗄 수 없게 만들고 있었다.

레비로스는 이 모든 순간을 단 하나라도 놓칠 수 없다는 일념하에 주변 경관을 구경하고 있었다.

물질계와 아공간의 경계는 총 500여 가지의 색으로 이뤄진 빛이 존재하고 있었는데, 그것이 혼합되면서 물질계를 형성하는 것 같았다.

한마디로 물질계는 아공간에서부터 시작되어 다시 아공간으로 돌아가는 순환구조를 가지고 있었던 것이다.

어쩌면 불교에서 말하는 윤회, 기독교에서 말하는 천국은 모두 이 과정을 뜻하는 것이 아닐까 싶었다.

레비로스는 때 아닌 철학적 고찰에 몰두하였고, 그가 다시 정신을 차렸을 때엔 이미 화성 앞에 도착하고 난 후였다.

팟!

"이곳인 것 같군. 이곳이 바로 화성인 모양이야."

"오오… 이것이 바로?!"

인간의 상식으론 도저히 접근할 수조차 없는 시간을 살아온 드래곤들이지만 실제로 행성을 보는 것은 처음이었다.

때문에 그들은 자신의 눈을 의심하고 또 의심해가면서 행성 관찰에 열을 올리고 있었다.

하지만 아나베르스는 그들의 망중한을 더 이상 허락하지 않았다.

"정신들 차리게! 지금부터가 진짜이니."

"예, 로드. 죄송합니다."

이윽고 그는 원로들과 젊은 드래곤들을 이끌고 화성 인근에 존재하고 있을 블랙홀을 찾아 나선다.

"분명 미래의 카미엘은 이 부근에 아공간이 존재한다고 했으니 마이너스 에너지가 풍겨날 것이네. 그것을 찾게."

"예, 알겠습니다."

비록 카르시온의 품에 있는 레비로스였지만 그는 이전에 경험했던 블랙홀의 존재에 대해 금방 간파할 수는 없었다.

블랙홀은 강력한 자기장을 가지고 있지만 마왕의 심장 없이는 마이너스 에너지를 느낄 수 없었던 것이다.

카르시온과 레비로스는 드래곤들과 함께 화성 인근을 부유했는데, 어느 순간에는 자신의 몸이 서서히 한곳으로 딸려 들어가는 것을 느꼈다.

지이이이잉―

이윽고 두 사람은 서로의 얼굴을 동시에 바라본다.

"바로 이것이……?"

"맞습니다! 이것이 바로 블랙홀입니다!"

그는 당장 아나베르스에게 블랙홀의 존재를 알린다.

"이곳입니다! 이곳에 블랙홀이 있어요!"

"확실한가?"

"물론입니다."

아나베르스는 자신의 눈앞에서 일렁거리고 있는 블랙홀을 바라보며 말했다.

"자, 이제 우리는 이곳으로 들어가 각자의 길을 걷게 될 것일세. 155명의 장로들은 이제 루야나드로 돌아가도록 하게."

"예, 알겠습니다."

미지의 공간을 여행하는데 들어간 에너지는 극심했지만, 한 번 뚫어놓은 길은 재사용이 가능했다.

때문에 그들은 별다른 어려움 없이 루야나드로 다시 돌아갈 수 있을 것이었다.

아나베르스는 거대한 금색 눈을 살며시 감고는 이내 블랙홀 안으로 몸을 던졌다.

"가세……."

"예, 로드!"

그를 따라서 6천 명의 드래곤들이 이동을 시작했다.

*   *   *

블랙홀의 입구에는 원형으로 회전하는 강력한 자기장이 존재하는데, 이곳을 통과하자면 엄청난 양의 용언이 필요하다.

아나베르스는 미래의 자신이 조언했던 대로 스스로가 500년은 먹을 수 있는 용언덩어리를 준비했다.

그리고 그것을 이용하여 자기장의 방해전파를 다소 약하게 만들었다.

치지지지지직—

"지금이다! 모두들 안으로 들어가게!"

서서히 드래곤들을 빨아들이던 블랙홀은 침입자들을 방어하려는 듯 아주 강력한 자기장을 내뿜었고, 그는 자신의 용언을 희생하여 그 공격을 멈추어 버렸던 것이다.

하지만 그 시간은 아주 짧아서 잘못하면 몇몇은 아공간의 틈바구니에 끼어버릴 수도 있었다.

치지지지직!

"크윽!"

그러나 아나베르스는 마지막 드래곤이 통과할 때까지 자신의 몸을 조금 더 희생하여 자기장을 막아냈다.

덕분에 모든 드래곤들이 블랙홀 안으로 들어갈 수 있었고, 그 역시 무념무상의 마음으로 여행을 계속할 수 있게 되었다.

"그래, 이제 된 것 같아."

"가시지요."

드래곤들은 양쪽이 백색과 검은색으로 나누어진 블랙홀의 중앙을 부유하기 시작했다.

솨아아아아―

아나베르스는 자신의 머리 위로 스치고 지나가고 있는 이것이 바로 미래이자 현실인 지구로 향하는 길인 것을 직감했다.

그리고 자신의 발아래에 펼쳐진 저 아찔한 곳이 젊은 드래곤들이 감당해야 할 도박의 장임을 알 수 있었다.

그는 이제 젊은 드래곤들에게 그 끝을 알 수 없는 여행을 지시했다.

"나는 저 흰색 공간을 통하여 이동하겠네. 자네들은 이제 검은 공간으로 통해 여행하게."

"예, 알겠습니다."

이번 여행이 성공하게 되면 앞으로는 도박을 벌일 일은 일어나지 않을 것이다.

이제는 과거에서 온 육신이 재구성되는 것이기 때문에 화이트홀을 이용할 수 있기 때문이다.

이로서 괴리감이 생겼던 세계선이 다시 복구되면서 블랙홀은 아마 사라질지도 모른다.

허나, 안정된 세계선이 굳건히 자리를 잡을 테니 걱정은 자라지는 셈이다.

아나베르스는 미래에 자신이 존재하기 때문에 굳이 블랙홀을 넘어 갈 필요는 없다.

다만, 화이트홀을 빠져나갔을 때에 과연 지구에 도착할 수 있을 지는 미지수였다.

"긴 생이었다. 죽어도 여한은 없지."

이윽고 아나베르스는 자신의 머리 위를 스치는 화이트홀에 몸을 맡겼고, 그는 끝을 알 수 없는 여행을 시작하게 되었다.

*　　*　　*

레비로스와 아나베르스가 과거에서부터 현실세계로 돌아오는 바로 그때, 미래의 카미엘과 마도병단 역시 블랙홀을 빠져나가고 있었다.

카미엘과 화수는 몸이 나뉘었기 때문에 블랙홀을 넘어야 하며, 마도병단과 드래곤 원로단은 화이트홀을 넘어야 했다.

블랙홀의 중간, 이제 카미엘과 화수는 드래곤들과 마도병단에게 기약할 수 없는 이별을 고했다.

"그럼 지구에서 보세."

"예, 장군."

드래곤들은 자신들의 비늘에 마도병단을 집어넣었고, 카미엘은 우주선을 열고 드래곤들을 사출시켰다.

　철컹!

　그러자, 그들의 몸이 화이트홀로 향했다.

　"잘 가게. 반대편에서 보세."

　"예, 알겠습니다."

　드래곤들은 이내 자취를 감추어버렸고, 화수와 카미엘은 긴장감이 역력한 표정으로 우주선을 몰았다.

　"후우, 살 수 있겠지요?"

　"그거야 모르지. 죽으면 뭐, 그 나름대로 행복하게 살 수 있지 않겠어?"

　"그, 글쎄요……."

　카미엘은 우주선을 일직선으로 하강시켰고, 엄청난 중력이 그들을 끌어당기기 시작했다.

　쿠그그그그그그그!

　"크윽!"

　그리고 점점 더 강해지는 중력, 카미엘과 화수는 끝내 정신을 잃고 말았다.

9장

다시 지구로 II

화이트홀을 통과하는 것은 고통을 수반하는 일이 아니었다.

물질계로 통하는 입구를 물질계의 사람이 통과한다는 것은 큰 문제가 아니었기 때문이다.

하지만 블랙홀의 경우엔 물질계의 모든 것을 앗아가는 죽음의 공간이다.

그곳을 물질계의 인간이 빠져나간다는 것은 상상을 초월하는 고통을 초래하는 일이었다.

레비로스는 마왕의 몸을 가지고 블랙홀을 통과했었기 때

문에 극심한 고통에서 해방될 수 있었다.

그러나 지금의 경우엔 아예 얘기가 달랐다. 그는 지금 물질계에 엄연히 존재하는 몸을 가진 사람이기 때문이었다.

블랙홀에 들어선 레비로스는 자신의 몸이 길게 늘어져가는 것을 느꼈다.

끼기기기기긱ー!

"크으으으윽!"

몸이 분자 단위로 쪼개지는 느낌은 결코 인간이 버틸 수 없는 일이었으나, 그는 초인적인 인내심으로 수반되는 고통을 씹어 삼키고 있었다.

블랙홀에 들어선 지 벌써 네 시간째, 그는 자신의 몸의 일부가 거의 다 없어질 때까지 참고 또 참아내고 있었다.

하지만 여전히 그의 몸은 계속해서 쪼개지고 있으며 과연 언제까지 이 끝도 없는 고통이 계속될지 의문이었다.

"참아야 한다……!"

지금 정신을 놓아버린다면 결코 물질계의 생명체로서 살아갈 수 없을 것이다.

레비로스는 이를 꾹 다물었고, 드디어 몸이 점점 가벼워지는 것을 느낀다.

팟!

"드, 드디어?"

몸이 가벼워진다는 것, 그것은 이제 그가 물질계에서는 더이상 존재하지 않는 사람이 되어버렸다는 소리였다.

하지만 그의 몸은 분자 상태로 블랙홀을 통과하였고, 차원의 반대편에 존재하던 화이트홀에서 재생되기 시작했다.

뚜두두둑―!

가장 먼저 생겨난 것은 그의 골격이었고, 그 이후엔 신체를 구성하는 장기와 핏줄이었다.

이 모든 것은 대천사의 심장을 중심으로 모여들어 새로운 육체를 구성했다.

그는 이전보다 훨씬 진보한 능력을 가진 반 천인으로 진화하였으며, 지구와 루야나드에서 동시에 존재할 수 있는 육신을 갖게 되었다.

파바바밧!

빠르게 구성되던 육신, 그 끝에선 레비로스는 번쩍 눈을 뜬다.

"허억!"

그제야 완벽한 사람으로 재탄생한 레비로스는 자신이 서 있는 곳을 한 번 둘러봤다.

휘이이잉―!

레비로스는 자신이 밟고 있던 땅에서 발을 살며시 떼어보았다. 여전히 중력에 의해 다른 발이 온전히 붙어 있었다.

을씨년스러운 바람이 불어 닥치는 곳, 이곳은 다름 아닌 멸망 직전의 지구였다.

"성공이군."

사실, 레비로스는 자신이 블랙홀을 통과하는 것이 반쯤은 불가능하다고 생각했다.

물질계에서 원래 없었던 자신이 새로 생겨나게 된다면 이 세상에 죽어야 할 사람은 아무도 없을 것이기 때문이었다.

하지만 어찌되었건 그는 대의를 위해 다시 태어났으니, 그 운명을 짊어져야 했다.

그 일환으로 레비로스는 지금 자신이 서 있는 곳이 과연 어디쯤인지 가늠해 보았다.

그는 질퍽거리는 땅에서 발을 떼어 주변에 위치를 가늠할 수 있을 만한 것이 있는지 둘러보았다.

이곳은 거대한 협곡에 둘러싸여 있었는데, 기온이 상당히 낮은 것 같았다.

그리고 협곡 너머로는 쉽사리 보기 힘들 정도로 높은 산들이 굽이굽이 이어져 있었다.

흰 눈발이 흩날리는 이곳, 그는 이곳이 바로 에베레스트 산 근처라는 것을 어렵지 않게 알 수 있었다.

그는 언젠가 지구의 세계전도를 정독한 적이 있었는데, 그 기억대로라면 분명 이곳에서 한국까지 가는데 꽤나 시일이 걸릴 것이었다.

　직선거리로 이동한다면 생각보단 그리 멀지 않을 테지만, 히말라야 산맥은 완벽체라고 불리는 드래곤이 넘기에도 결코 쉽지 않은 곳이다.

　그럼에도 불구하고 겨우 2m에 달하는 날개를 가진 레비로스가 이곳을 벗어나기란 결코 쉽지 않아 보였다.

　하지만 레비로스는 더 이상 이곳에서 시일을 지체할 수가 없었다.

　"그럼 일단 드래곤 일족을 찾아서 돌아다녀야겠군."

　아마 드래곤들은 이곳에 처음 왔으니 길을 찾기가 쉽지 않을 것이다.

　그는 도합 5m에 달하는 양쪽 날개를 펼쳐 에베레스트 산 정상을 향해 날아올랐다.

　펄럭!

　지금은 겨울이라서 꽤나 매서운 바람이 불어오고 있었지만 때만 잘 맞춘다면 충분히 정상까지 단숨에 오를 수 있을 것이었다.

　레비로스는 자신의 날개를 자유자재로 다루며 히말라야에서 2번째로 높은 봉우리인 K2까지 올랐고, 그곳에 잠시 안착하여 용언의 존재를 느껴보기로 했다.

　챙!

미카엘의 대검을 꺼낸 레비로스는 자신이 가진 모든 신성력을 동원하여 파동을 만들어냈다.

두근, 두근!

그의 신성력은 대천사와 견주어도 전혀 손색이 없을 정도이기 때문에 강력한 용언을 가진 그들이라면 충분히 레비로스를 찾아낼 수 있을 터였다.

그는 조용히 눈을 감았고, 바람을 타고 흘러 다니던 신성력에 집중했다.

우우우웅ㅡ!

바로 그때, 그의 감각에 엄청난 크기의 생명체가 저 멀리 누워 있는 것을 걸렸다.

"드래곤 로드!"

레비로스는 곧바로 날개를 펼쳐 북쪽으로 날아갔고, 에베레스트 산 중턱에 누워 있는 골드드래곤 아나베르스를 찾아냈다.

그는 축 늘어져 있는 아나베르스를 흔들어 깨웠다.

"로드, 로드!"

그러자, 비몽사몽한 표정의 아나베르스가 눈을 떴다.

"으음, 이곳은……."

"지구입니다. 저는 레비로스고요."

"아아, 자네였군."

이윽고 고개를 든 아나베르스는 루야나드와 전혀 다른 공기를 가진 지구의 경관을 둘러보며 감탄을 금치 못한다.

"오오! 정말로 차원이동에 성공한 모양이군!"

"보시다시피 우리는 성공했습니다. 하지만 나머지 드래곤들이 어떻게 되었는지 궁금하군요."

"그거야 걱정할 필요 없네. 한번 알아보면 되니까."

아나베르스는 자리에서 일어서더니 자신의 심장에 가득 차 있던 용언을 무형의 기운으로 바꾸어 입을 통해 토해내기 시작한다.

―크아아아아아아아앙!

무형의 기운은 바람을 타고 대기 중으로 흘러갔고, 그것은 지구 전체를 덮을 만큼 강력하고 진했다.

한차례 용언을 토해낸 아나베르스는 이내 미소를 지었다.

"후후, 다들 차원이동에 성공한 것 같아."

"그렇다면 지금 당장 이곳으로 모여 마족과의 전쟁을 준비하는 것이 좋겠습니다."

그의 말에 아나베르스는 고개를 가로저었다.

"하지만 아직 제정신을 차라지는 못한 것 같아. 이대로 가만히 둔다면 언데드들의 먹이가 될 테니 빨리 찾아가야 할 걸세."

"예, 알겠습니다."

레비로스와 아나베르스는 하늘 높이 날아올랐고, 자신들이 파악한 위치를 향해 비행을 시작했다.

*   *   *

6천의 드래곤은 지구 곳곳으로 흩어졌는데, 대부분은 거대한 산맥이나 협곡에 자리를 위치해 있었다.

하지만 몇몇 장로들이 번화했던 도시의 한복판에 떨어졌기에 잘못하면 언데드들의 습격을 받을 수도 있을 것으로 보였다.

아나베르스는 가장 먼저 히말라야 산맥에 잠들어 있던 500명의 드래곤을 깨워 정신을 차리도록 했다.

─크아아아아앙!

가까이서 그의 외침을 들은 하프 드래곤들이 하나둘 일어나 아나베르스를 향해 날아오기 시작했다.

"로드, 무사하셨군요!"

"보아하니 자네들도 별 탈 없이 도착한 것 같군. 다행이야."

500명의 드래곤은 전부 70%이상의 드래곤 하트를 가지고 있었고, 이제 서서히 회복을 거쳐 내일이면 원래의 능력을 되찾을 것으로 보였다.

아나베르스는 자신이 찾아낸 지역들 중 두 번째로 가까웠던 곳을 떠올렸다.

"이제 슬슬 이동해야 할 것 같군."

"그곳은 어디입니까?"

"내가 보기에 그곳은 끝도 없이 펼쳐진 사막과 초원이 보였네. 사막화가 한창 진행되는 것 같기도 했고, 먼지가 상당히 많이 일어나고 있었던 같기도 하네."

레비로스는 그가 본 곳이 몽골지역에 위치한 고비사막이라는 것을 어렵지 않게 알 수 있었다.

아마도 그곳에는 화수의 군대가 주둔해 있을 것이기 때문에 잘하면 인간들과 조우할 수도 있을 것이었다.

"그럼 일단 고비사막으로 날아가 드래곤들을 소집하고 현재 인간군을 총괄하고 있는 샤넬리아를 찾아가는 것이 좋겠습니다."

"좋네, 그럼 그렇게 하자고."

아나베르스는 5백의 젊은 드래곤을 이끌고 고비사막을 향해 날갯짓을 시작했다.

히말라야 산맥에서 고비사막까진 그리 먼 거리가 아니었지만 아나베르스와 드래곤들은 무려 세 시간이 걸려 초입에 도착할 수 있었다.

하늘을 까맣게 뒤덮을 정도로 가고일 무리와 키메라들이 판을 치고 있어 도저히 전진할 수 없었기 때문이다.

레비로스는 창공을 헤치고 다니며 몬스터들을 도륙내고 있었지만, 도저히 그 끝을 알 수가 없었다.

"죽어라!"

우우우웅!

콰앙!

"끼헤에에에엑!"

신성력이 담긴 그의 검이 스칠 때마다 무려 1천이 넘는 몬스터가 우수수 떨어져 내렸지만, 곧이어 그보다 더 많은 숫자의 마물이 몰려들었다.

과연 이런 상태에서 현대식 군대가 버틸 수 있을지에 대해선 미지수였다.

레비로스는 몬스터들을 해치우면 해치울수록 인간들에게 자신들이 절대적으로 필요하다는 것을 절감하고 있었다.

"이미 늦지 않았어야 할 텐데……!"

샤넬리아는 화수가 남긴 현대식 군대를 이끌고 있었지만 그보다 뛰어난 마도학적 지식을 갖고 있지는 않았다.

화수나 카미엘의 경우엔 임기응변으로 보다 강력한 마도병기를 생산할 수 있지만, 그녀는 그것이 불가능하다는 소리였다.

아마 지금쯤이면 군대가 무너져 내리고 인간들은 지하벙커로 숨어들어 게릴라전이나 펼치고 있을지도 모르는 일이었다.

레비로스는 조금 무리해서 500의 드래곤과 함께 고비사막으로 향했다.

"속력을 높여야 합니다! 잘못하면 인간들의 군대가 궤멸하고 말겠어요!"

"알겠네!"

아나베르스 역시 인간들의 한계가 어디까지인지 잘 알고 있었기 때문에 불안한 것은 마찬가지였다.

그는 자신의 곁에 선 드래곤들을 독려하여 진군의 속도를 높이기로 했다.

"우리는 지구를 구해야 할 사명이 있다! 모두, 조금 더 힘을 내게!"

"예, 로드!"

드래곤들은 자신들이 가진 마력을 전부 다 쥐어짜냈고, 끝도 없이 밀려드는 몬스터들을 한 마리라도 더 사살하기 위해 노력했다.

* * *

대한민국의 국경지대는 북쪽으론 러시아 레나 강 유역에

그 근간을 두고 있었으며, 남쪽으론 일본 오키나와까지 그 세를 확장시켰다.

서쪽으로는 중국 하얼빈과 칭다오, 중경 초입까지 세를 펼쳤으며, 동쪽으론 러시아령 알레스카와 북해도까지 세력이 닿고 있었다.

하지만 전 세계가 언데드의 습격을 받으면서 대한민국은 점점 그 세력을 잃어갔으며, 종국에는 한반도 인근과 일본열도로 좁혀지기에 이르렀다.

지금 대한연합군은 총 5,000만의 인구와 500만의 군대를 유지하고 있으며, 대부분이 기계화 보병과 해군, 공군이었다.

원래 전 세계의 군대는 기계화 된 중장비 대신 스스로 무기를 들고 저항했으나, 지금은 중장비에 사람을 모두 배치해도 그 숫자가 모자랄 정도로 병력이 줄어들었다.

때문에 인명 피해는 서서히 줄어들고 있었지만, 그에 따라서 인간들의 숫자도 조금씩 줄어드는 형국이었다.

현재 지구에서 가장 심각한 문제는 대기의 오염으로 인해 식량을 조달하기가 어려워졌으며, 조업이 가능한 바다도 동해와 남해, 북해도 인근으로 좁혀져 있다는 것이었다.

먹을 것이 있어야 살아갈 수 있는 인간들에게 언데드들의 영토 확장은 그야말로 저주와도 같았던 셈이다.

대한연합의 심장부인 평양, 이곳은 지금 전 세계의 군사력이 집중되어 있는 곳이었다.

이곳에서부터 서울까지는 모두 군사 병참기지나 훈련소로 사용되고 있으며, 민간인들은 약 4주의 훈련을 거쳐 북방한 계선인 두만강 유역으로 보내지고 있었다.

평양 연합군 사령부, 이곳에는 현 사령관인 샤넬리아가 부하들과 함께 군사들을 이끌고 있다.

그녀는 오늘 뽑아 들인 1만의 신병에 대한 보고를 받는 중이었다.

"인원은 총 1만 명, 대부분의 주특기는 자주포입니다."

"잘 되었군. 안 그래도 포병 인력이 모자라던 참인데, 이정도 병력이라면 남부와 서부에 활력을 불어넣을 수 있겠어."

"하지만 이들을 원하는 곳이 하도 많아서 이 정도로는 간에 기별도 안 갈 겁니다."

"그래도 없는 것보다는 낫겠지."

이제 언데드는 지상병력뿐만 아니라 공중전력과 해상전력까지 갖춘 전천후 군대가 되었다.

지금까지 멍청하게 숫자로 밀어붙이던 언데드들이 이제는 전략적으로 인간을 압박하고 있었던 것이다.

그녀는 오늘 뽑아 올린 병력들에 대한 데이터를 한 번 훑어보았고, 이내 그것을 부관들에게 넘겼다.

"원하는 부대로 배속시키게. 나머지 후반기 교육은 전투를 치르면 자연히 해결되겠지."

"예, 알겠습니다."

샤넬리아가 열 명의 부관과 함께 회의를 진행하고 있던 바로 그때, 그녀의 집무실 문이 벌컥 열렸다.

쾅!

"사령관님! 긴급 사안입니다!"

"무슨 일인가?"

"현제 고비사막에서 엄청난 양의 에너지가 감지되었습니다! 아무래도 언데드는 아닌 것 같습니다!"

순간, 그녀가 반색하며 자리를 박차고 일어선다.

"드디어 도착한 모양이군!"

"어떻게 할까요? 수색대를 파견할까요?"

그녀는 자리에서 일어나자마자 더 이상 대답이 필요 없다는 듯이 몸부터 움직였다.

"내가 직접 가겠다. 백야함과 잠수모함을 준비시키게."

"예, 알겠습니다."

반색으로 가득한 샤넬리아는 경무장 상태로 고비사막 인근으로 향했다.

* * *

샤넬리아는 백야함을 주력으로 움직이던 해상, 공중전력을 보강하기 위해 잠수가 가능한 항공모함을 제작했다.

그녀는 이 모함을 카미엘 함이라고 명명하고 패잔병들에게서 거두어들인 무기들을 잔뜩 부착시켰다.

그렇게 하여 탄생한 카미엘 급 함선들은 적의 공중전력을 무력화시키는 등의 전공을 거두고 있었다.

대한연합군은 남중국해 인근에서 배를 띄워 위도상 고비사막과 직선거리가 가장 가까운 곳으로 정찰선을 급파했다.

―제1정찰편대, 수색을 시작한다.

―수색한계지역은 고비사막 이북지역이다. 절대로 고비사막 이북으로 넘어가는 일이 없도록 유의하라.

―입감.

고비사막은 원래 한국군의 전력이 가장 많이 투입되었던 지역이기 때문에 시신들이 상당히 많이 포진되어 있었다.

거기에 전 세계 연합군이 이곳 이북에서 2억 명이 넘게 죽어나갔기 때문에 언데드의 숫자는 상상을 초월한다.

샤넬리아는 군사들에게 결코 고비사막 이북지역을 건드려 벌집을 쑤시는 상황을 만들어내지 않도록 신신당부했던 것이다.

그녀는 정찰기에 달린 카메라를 통하여 주변 경관을 아주 자세히 관찰했다.

하지만 아직까지 아무런 단서도 찾지 못했고, 그저 죽어버린 땅과 하늘만 쳐다보고 있을 뿐이었다.

"도대체 어디에 있다는 거지……?"

손에 잡힐 듯이 잡히지 않던 단서들은 그녀를 괴롭혔고, 서서히 실망감과 좌절감을 가져다주고 있었다.

그러나 바로 그때, 그녀의 눈을 의심하게 만드는 광경이 펼쳐진다.

─찾았다! 전방 4km 밖에 약 500의 물체가 전투를 치르고 있는 것 같다!

"전투?"

샤넬리아는 정찰기들이 송출하는 영상을 직접 확인했고, 그 중간에 선 이들의 정체에 대해 어렵지 않게 알 수 있었다.

"드래곤!"

지금 저곳에서 싸우고 있는 무리의 수장이 카미엘인지 레비로스인지는 알 수 없지만, 확실한 것은 그 무리가 지상최강의 생명체인 드래곤이라는 것이었다.

"정찰편에게 알린다! 지금 즉시 전파방해장치를 작동시켜 EMP를 형성시키도록!"

─라져.

정찰편대는 화수가 적기를 무력화시키기 위해 만들었던 마나EMP를 발동시켰고, 그로 인하여 드래곤들은 마나를 느낄 수 있을 터였다.

지이이이잉— 퍼엉!

EMP가 터지고 난 직후, 드디어 드래곤들이 방향을 바꾸어 샤넬리아 쪽으로 기수를 돌리기 시작했다.

—그들이 움직인다! 아무래도 우리가 있는 곳을 알아챈 것 같다!

"그럼 그들을 이끌고 모선으로 돌아올 수 있도록! 그들은 우리의 가장 강력한 아군들이다!"

—알겠다.

정찰편대는 일정한 속도로 드래곤들을 인도하였고, 이내 백야함이 정박하고 있던 남중국해로 모습을 드러낸다.

—크아아아아앙!

"저, 저것은……?!"

"드래곤이다! 저들은 지상최강의 생명체인 드래곤이야!"

이윽고 드래곤들 중에서 가장 덩치가 큰 금빛 생명체가 샤넬리아가 탄 백야함으로 다가와 말했다.

—나는 드래곤의 수장 아나베르스다. 그대의 이름은?

—샤넬리아. 카미엘의 부관이자 레비로스의 동료다.

—으음, 그렇군. 제대로 찾아온 모양이다.

샤넬리아는 해치를 열고 백야함 밖으로 모습을 드러냈고, 그녀의 곁으로 천사의 날개를 가진 레비로스가 날아왔다.

"샤넬리아!"

"레비로스?!"

그는 그녀에게 악수를 건넸고, 샤넬리아는 악수 대신 그를 꽉 끌어안았다.

"사 ,살았다!"

"후후, 많이 힘들었던 모양이군."

"…이런 굼벵이들, 카미엘과 너는 항상 늦기만 하는군."

"원래 세상이란 그런 법이 아니겠나? 간절히 원하는 것은 늦게 도착하게 마련이지."

그녀는 레비로스에게 드래곤들의 존재에 대해 물었다.

"그나저나 저들은……."

"우리를 도와주시기 위해 직접 블랙홀을 넘은 드래곤들이다. 앞으로 우리와 함께 언데드를 물리칠 것이지."

이윽고 아나베르스는 금발의 청년으로 모습을 바꾸어 백야함에 안착했다. 그리고 그 뒤를 이어 형형색색의 드래곤들이 인간의 형상으로 모습을 바꾸어 안착하기 시작했다.

아나베르스는 그녀에게 악수를 건네며 말했다.

"다시 한 번 소개하지. 나는 드래곤들의 수장이자 골드드래곤인 아나베르스라고 하네."

"영광입니다! 제가 드래곤 로드를 직접 만나게 되다니……."

"하하, 드래곤이라고 별것 있는 줄 아나보군. 아무튼 이렇게 만나게 되어 반갑네."

"저야말로 영광입니다!"

이제 그들은 백야함을 타고 인간들의 수도인 평양으로 향한다.

*　　　*　　　*

레비로스는 인간들의 세력이 상당히 좁아져 있음을 어렵지 않게 알 수 있었다.

그나마 대한민국 영토에 남아 있던 식량들로 연명하고 있기는 했지만 언제 식량난이 닥칠지는 아무도 알 수가 없었다.

그는 어서 빨리 드래곤들을 규합하고 인간들이 먹을 수 있는 식량을 구하는 것이 관건이라고 생각했다.

그 생각은 아나베르스 역시 공감했고, 드래곤들을 총 500갈래로 나누어 급파하기로 했다.

인간들의 부대는 드래곤들을 도와 언데드들을 처치하고 퇴로를 확보하여 처음 이곳에 떨어져 내린 드래곤들을 후송하게 될 것이었다.

샤넬리아는 드래곤 로드의 설명에 따라 각 지역에 대한 데이터를 산출해냈고, 각 지역의 특성에 대해 설명했다.

"우선, 가장 많은 드래곤이 잠들어 있는 곳으로 추정되는 곳은 페루의 마추픽추 지역입니다. 아메리카 대륙은 언데드들의 심장부가 있었던 곳이긴 하지만 현재는 그 세력이 조금 줄어들었다고 볼 수 있습니다."

"마왕이 사라지면서 세력이 주춤거렸던 모양이군."

"그렇다고 볼 수 있습니다. 특히나 라이먼트가 자취를 감추면서 언데드들의 지휘계통은 사방팔방으로 흩어져 버렸습니다. 하지만 여전히 그 세력은 가파른 상승곡선을 그리며 늘어나고 있는 실정이지요."

"흠······."

아나베르스는 마추픽추로 진격할 조에 자신을 편성시켰다.

"가장 위험하면서도 가장 많은 병력이 잠들어 있다면 당연히 내가 가야 할 것 같군. 레비로스는 그 다음 위험지역을 맡으면 될 것 같고."

"알겠습니다. 그럼 로드께서 출발하시면 제가 그 다음 위험지역인 캐나다로 가겠습니다."

마추픽추에는 대략 2천의 병력이 잠들어 있는 것으로 추정되며, 그 다음 위험지역인 몬트리올에는 1천 5백의 병력이 위치해 있는 것으로 추정되었다.

한마디로 이번 여정이 성공적으로 끝난다면 절반가량의

병력을 되찾을 수 있게 된다는 소리였다.

그렇게 되면 카미엘이 드래곤의 장로들과 마도병단을 이끌고 도착하기 전까지 꽤 많은 영토를 확보할 수 있을 터였다.

아나베르스는 인간들의 전함 14척을 자신이 이끌고 떠나 차례대로 500군데의 포인트를 순회하기로 했다.

"꽤 오래 걸릴 수도 있는 일이지만 14갈래로 갈라져 구조작전을 펼친다면 비교적 수월하게 일을 마칠 수 있을 걸세."

"알겠습니다. 그럼 저는 비행선을 이끌고 가겠습니다. 그리고 1차 구조를 끝내는 동시에 동쪽으로 이동하여 유럽지역을 순방하도록 하지요."

"그래, 그렇게 하게."

이윽고 아나베르스는 샤넬리아에게 물었다.

"이번 작전에 필요한 필수 인원은 얼마나 되는가?"

"대략적으로 3천 명가량이 될 것 같습니다."

"알겠네. 내가 반드시 그 병력을 모두 살려서 데리고 오겠다고 약속하지."

"감사합니다."

이제 드래곤들은 각자가 향할 지역의 특징을 숙지하고 곧장 작전에 투입되기로 했다.

*　　*　　*

페루 마추픽추는 안데스 산맥에 위치한 잉카문명의 상징이며, 한때는 전 세계 모든 관광객들이 꿈꾸던 신비로운 하늘 정원이다.

하지만 지금은 언데드의 창궐로 인하여 세계 최악의 위험 지역으로 지정되었다. 뉴욕에 진을 치고 있던 언데드들이 지휘체계를 분산시키면서 이곳으로 라이먼트의 부관들이 속속들이 모여들었던 것이다.

아나베르스는 혈혈단신으로 마추픽추의 정상으로 향하고 있었다.

솨아아아아—!

이미 숨을 다해버린 구름 속을 유영하며 날아가던 아나베르스는 차마 눈을 뜨고 볼 수 없는 끔찍한 광경과 마주한다.

"…빌어먹을 놈들이군!"

그는 인간들을 사정없이 짓이겨 몬스터들의 먹이로 주고 있는 언데드들의 만행과 마주하게 되었고, 그들에게 저주를 퍼부을 수밖에 없었다.

"내 진정 심장을 걸고 맹세하건데, 네놈들을 끝까지 척살하여 이 세상 그 어떤 차원에서도 흔적을 찾을 수 없게 할 것이다!"

아무리 냉정한 드래곤 로드라곤 해도 인간들의 처참한 모습을 바라본다는 것은 상당히 힘든 일이었다.

그는 어째서 인간들이 이곳을 금역이라고 지정했는지 알 것 같았다.

이윽고 그는 마추픽추 정상에 도착했고, 근방에 두 덩어리로 뭉쳐 있던 드래곤들을 발견했다.

아무래도 그들은 블랙홀을 넘어오면서 단체로 정신을 잃었고, 그 상태에서도 간신히 서로의 몸에 의지한 것 같았다.

"그 상황에서도 뭉칠 생각을 하다니, 오히려 이 늙은 드래곤보다 낫군."

아나베르스는 그들이 누워 있는 곳 중간에 내려앉았고, 그 아래로 펼쳐진 언데드들의 도시를 바라보았다.

지금 이곳에는 무려 3억에 달하는 병력이 집결해 있기 때문에 그가 소리를 질러 드래곤들을 깨우게 되면 순식간에 언데드들을 불러 모으게 될 것이다.

그는 어쩔 수 없이 직접 드래곤들을 흔들어 깨우기로 했다.

"이보게, 정신을 차리게……!"

"으음, 로드……?"

"그래, 나일세. 어서 일어나 정신을 차리고 지구를 구하자고."

"예, 알겠습니다."

가장 먼저 눈을 뜬 드래곤은 곧장 자신의 곁에 누워 있던 드래곤을 흔들어 깨웠다.

"어이, 일어나."

"크, 크흠… 이곳은 어디이지?"

"아무래도 지구인 것 같아."

아나베르스는 정신을 차린 두 젊은이에게 말했다.

"그래, 이곳은 자네들이 생각하는 것처럼 지구일세. 또한 이곳은 언데드들이 창궐하여 멸망 직전에 몰린 곳이기도 하지. 애석하게도 자네들이 누워 있는 이곳은 3억 마리가 넘는 언데드들이 포진하고 있다네. 그러니 최대한 조용히 동료들을 깨워 생존을 도모해야 할 걸세."

"예, 알겠습니다."

젊은 드래곤들은 천천히 움직이면서 동료들을 깨웠고, 정신을 차린 그들에게 로드가 했던 말을 그대로 전했다.

두뇌회전이 상당히 빠른 드래곤이기 때문에 지금 이 상황에서 자신들이 큰 소리를 내면 어떻게 될지 뻔히 알고 있었다.

그렇기 때문에 그들은 누가 시키지 않아도 큰 기척을 내는 법은 없었다.

아나베르스는 그런 그들이 돌발 행동을 일으킬 수도 있다는 생각에 다시 한 번 주의를 준 것뿐이었다.

처음에는 열 명 정도가 돌아다니더니, 이내 30분이 채 지나지 않아 이곳에 있던 모든 드래곤이 정신을 차리게 되었다.

그들은 정신을 차리자마자 각각 가지고 있는 드래곤 하트를 점검했다.

"아마 7할 정도의 심장이 존재하고 있을 걸세. 그 정도라면 충분히 이곳에서 피해 인간들과 합류할 수 있다네. 정말 그런지 한 번 확인들 해보게."

"예, 알겠습니다."

2천 5백의 드래곤은 자신들의 몸 상태를 점검했고, 이내 이곳을 빠져나가는데 문제가 없음을 확인했다.

"되었습니다. 이제 이곳을 빠져나가도 될 같습니다."

"좋아, 그럼 모두 마나와 용언을 사용하지 않은 채 비행을 이어나가도록 하자고."

"예, 로드."

아나베르스는 젊은 드래곤들을 이끌고 무사히 마추픽추를 빠져나와 페루의 서부연안으로 향했다.

*　　　*　　　*

우중충한 뉴욕의 하늘.

이제는 이 검은 먹구름이 원래 지구의 대기였던 것처럼 느껴질 정도다.

언데드들은 뉴욕의 건물들을 모두 언데드화시켜 그곳에서

엄청난 숫자의 몬스터들을 생산해내고 있었다.

만약 이대로라면 온 지구를 죽음의 대지로 탈바꿈시키는 것도 무리는 아닐 터였다.

"키헥, 키헥……."

시신을 먹고 사는 언데드들 중에서도 중간계층에 해당하는 누더기 좀비들이 채찍을 들고 구울들을 닦달하고 있었다.

그들은 아직 남아 있던 뉴욕의 빌딩숲에서 원자재를 채취하여 새로운 몬스터들의 기지를 건설하고 있었다.

최하층 계급인 구울과 좀비들은 노예장인 누더기 좀비들에 의해 끝도 없는 부역에 시달리고 있었다.

어차피 구울들과 좀비들이 지쳐 죽어버리면 또다시 죽음의 대지를 살찌우는 밑거름이 될 것이기에 누더기 좀비들은 일말의 관용도 없었다.

그저 일을 시키고 닦달하다가 좀비들이 쓰러지면 그들을 다시 밟아서 거름으로 주면 그만이었다.

촤락!

"키헥, 키헥!"

"구우우우울……."

구울들은 원래 이 지구상을 영유하던 인간들이었는데, 전사 계급으로 사용하다가 폐기 처분되어 이곳에 왔다.

아마 그중에는 이곳 뉴욕에서 화려한 생활을 즐기며 살던 사람도 있을 것이고, 지구의 반대편에서 살던 무슬림도 있을 것이다.

하지만 이제는 모든 기억을 잃고 그저 죽어 고통을 모르고 부림만 당하며 살아가는 언데드로 전락하고 만 것이었다.

그런 그들의 작업장을 지켜보고 있는 이가 있었으니, 그는 바로 차원을 넘어 지구에 온 카미엘이었다.

그는 화수와 함께 블랙홀을 넘었는데, 우연치 않게도 정신을 차렸을 때엔 뉴욕의 한복판에 떨어져 있었다.

무려 10억에 달하는 언데드들이 위치한 뉴욕에 떨어져 내린 카미엘은 참으로 운이 없다고 생각했다.

그 많은 땅 중에서도 하필이면 뉴욕 한복판이라니, 감히 살아서 빠져나갈 엄두가 나지 않았다.

하지만 작은 희망이 있다면 이곳에서 그리 멀지 않은 필라델피아에 3만의 마도병단이 주둔하고 있음이 밝혀졌다는 것이었다.

카미엘과 화수는 마나코어로 만든 탐지기를 작동시켜 마도병단의 위치를 탐지해냈고, 그곳을 향해 아슬아슬한 여행을 계속하고 있었다.

화수는 지금 카미엘과 자신이 서 있는 이곳이 뉴욕의 남부라는 것을 어렵지 않게 알 수 있었다.

그나마 이곳은 채석이 그리 많이 이뤄져 있지 않았기 때문에 건물의 대부분이 원형 그대로 남아 있었다.

하지만 이곳에서 남쪽으로 조금 더 내려가면 언데드의 해군이 집결해 있기 때문에 잘못하면 뼈도 못 추리게 될 것이다.

카미엘은 이곳에서 가장 안전하게 빠져나갈 수 있는 방법은 지하수로를 이용하는 것이라고 생각했다.

이제 지상에 자신들의 기지를 건설한 언데드들은 지하에는 별다른 시설을 구축하지 않았을 것이기 때문이었다.

화수는 탐지기에 나온 대로 지하로 몸을 숨겼고, 상당히 역한 시독이 풍겨왔다.

"으윽……!"

"아무래도 죽어서 찌꺼기가 된 시신들이 이곳으로 흘러든 모양이군. 조심하게, 잘못하면 감염이 될 수도 있겠어."

"예, 알겠습니다."

카미엘과 화수는 아직까지 루야나드에서 제작했던 우주복을 입고 있었기 때문에 감염이 되는 사태는 벌어지지 않았다.

하지만 만약 이곳에서 전투가 이뤄진다면 반드시 위기의 상황에 봉착하게 될 터였다.

두 사람은 아주 조심스럽게 지하수로의 동쪽으로 걸음을 옮겼다.

미국의 지하도는 꽤 복잡한 구조로 되어 있기 때문에 잘못하면 길을 잃을 수도 있으며, 지상에서 일하고 있던 언데드들의 주위를 끌 수도 있다.

지금 당장 눈앞에 몬스터가 보이지는 않았지만, 두 사람은 마치 살얼음판을 걷는 것 같은 착각이 들었다.

—키헥 키헥!

저 멀리서부터 들려오는 언데드들의 숨소리는 아무리 강심장인 카미엘이라도 긴장하지 않을 수가 없었다.

"…잘못하면 변사체가 되겠군."

"그런 일이 없도록 해야지요."

두 사람은 오로지 탐지기에 시선을 집중시키고 있었는데, 이곳에서 필라델피아까진 족히 반나절이면 도착할 것 같았다.

하지만 의외의 복병은 전혀 다른 곳에서부터 일어났다.

카미엘은 꽤 깊은 수로를 따라서 이동했는데, 자세히 보니 이 수로의 아래엔 정체불명의 알이 잔뜩 자리하고 있었다.

순간, 그는 이 알이 몬스터들의 알임을 직감했다.

"설마……."

"해군양성소?!"

그제야 그들은 자신들이 해군의 양성소 한가운데 서 있다는 것을 깨닫게 되었다.

마나코어로 만든 탐지기는 아직 태어나지 않은 알 상태의 몬스터는 감지할 수 없었고, 당연히 이곳은 텅텅 빈 공간이라고 생각할 수밖에 없었던 것이다.

"젠장, 이런 말도 안 되는 경우가……!"

"이젠 어쩌지요? 아마도 이곳에도 분명 병력들이 돌아다니고 있을 텐데요."

"흠……."

지금 이들의 앞에는 엄청난 크기의 부화장이 펼쳐져 있었지만, 그렇다고 지상으로 올라간다는 것은 자살행위였다.

한마디로 카미엘과 화수는 진퇴양난에 몰리게 된 셈이었다.

바로 그때였다.

쐐에에에에에에엥—!

"사, 사부님?"

"나도 들었네! 젠장……!"

카미엘과 화수가 서 있던 곳으로 엄청난 기세로 정체불명의 생명체가 쇄도해 들어왔고, 두 사람은 이내 죽음을 각오한다.

"그래, 이렇게 된 김에 결사항전을 펼치자고!"

"예, 사부님!"

두 사람은 각자의 애병인 레이피어를 뽑아들었고, 전방으로 온 신경을 집중시켰다.

우우우우웅—!

이제 그들은 자신의 앞으로 다가온 적을 단칼에 베어버릴 각오를 다졌다.

"후우…!"

"조금만 더…….."

이윽고 카미엘과 화수는 검을 살짝 뽑아들었고, 완벽한 타이밍을 노리기로 했다.

"지금이다!"

까앙!

카미엘과 화수는 정체불명의 적을 향해 검을 휘둘렀지만, 그 검은 아주 허무하게 막히고 말았다.

그리곤 이내 그들의 검이 적의 병기에 달라붙어 움직이지 않게 되었다.

끼기기기긱!

"제기랄! 엄청난 자식이군!"

이를 악문 카미엘은 자신의 마나를 폭발시켜 시간을 벌기로 한다.

"어쩔 수 없지! 이놈을 없애고 남쪽으로 빠르게 이동하자고!"

"예, 알겠습니다!"

두 사제가 마법을 발동시키려던 바로 그때, 정체불명의 적이 목소리를 냈다.

"거참, 성질 급한 것은 여전하군."

"레, 레비로스?!"

카미엘은 자신의 평생 친구인 레비로스의 목소리를 단박

에 알아보았고, 그는 어둠속에서 모습을 드러냈다.

"이 친구, 무사했군."

"하하, 하하하!"

두 사람은 뜨거운 포옹을 나누었고, 이내 레비로스는 화수에게 물었다.

"이곳에서 바로 위에 드래곤들이 집결해 있네. 마도병단은 어디쯤에 있나?"

"필라델피아에 있으니 반나절이면 갈 겁니다."

"좋아, 그렇다면 10분이면 도착하겠군."

이윽고 레비로스는 두 사람에게 손을 내민다.

"자, 이젠 걸어서 움직이지 말고 날아서 움직이자고."

"어라? 자네의 어깨에……."

카미엘은 고개를 갸웃거렸고, 레비로스는 별 대수롭지 않다는 듯이 그를 이끈다.

"일단 이곳을 빠져나간 후에 모든 것을 설명하겠네. 우선 이곳에서 나가세."

"알겠네."

레비로스는 카미엘과 화수를 데리고 비상했고, 이내 두꺼운 콘크리트를 뚫고 하늘로 솟아올랐다.

콰앙—!

"크흑!"

"조금만 참게!"

계속하여 하늘로 치솟아 오른 레비로스는 이내 한 지점에 멈추어 섰고, 카미엘과 화수는 아주 반가운 얼굴들과 마주했다.

"드래곤?!"

"무사했군."

그들은 뜨거운 포옹을 나누었고, 이제 새로운 일전을 준비하기로 했다.

"어서 마도병단을 찾아서 이동하자고. 지구를 재건해야지."

"알겠습니다."

카미엘은 동료들과 함께 필라델피아로 향했다.

『현대 마도학자』 15권에 계속…

외전

기억을 역행하며

늦은 밤, 레비로스는 누군가를 기다리고 있었다.

"올 때가 다 되었는데……."

어슴푸레 달이 뜬 밤거리에 우두커니 선 그에게 곧 마차 한 대가 달려와 멈추어 섰다. 그리곤 그 안에서 한 여인이 창문을 빠끔히 열어 고개를 내밀었다.

"전하!"

순간, 레비로스가 손가락을 입에 가져다 댄다.

"쉿! 누가 들으면 어쩌려고 그러시오?"

그녀는 레비로스를 바라보며 아주 겸연쩍은 미소를 지으

며 말했다.

"아아, 죄송합니다. 제가 워낙 늦는 바람에……."

"괜찮소. 그런 것보다 오는데 큰 문제는 없었소?"

"네, 전하. 아무런 문제도 없었습니다."

이윽고 그녀는 마차의 문을 열어 레비로스가 안으로 들어올 수 있도록 했다.

레비로스는 주변을 살피더니 이내 마차에 올랐고, 마부는 소리 소문도 없이 마차를 몰았다.

그는 마부석에 앉은 사람을 가리키며 그녀에게 물었다.

"누구요?"

"기사단장입니다. 아마 얼굴 정도는 알고 계시는 줄로 압니다."

"아하, 레피서 준남작 말이군."

"네, 그렇습니다."

레피서 준남작은 제국 검술대회에서 준우승을 두 번이나 한 검객이다.

레비로스와는 스치듯 안면을 튼 사이인데, 그때 레피서는 그가 황태자인 사실을 모르고 있었다. 때문에 그는 어지간하면 황태자와 함께 앉아 있는 것을 꺼리곤 했다.

그녀는 레비로스와 레피서 준남작의 어색한 사이를 중재하기 위해 말을 돌린다.

"그나저나 전하께서 소녀를 찾아주시다니, 미처 상상조차 못했습니다."

"후후, 그랬소?"

지구로 떠나기 전, 레비로스는 마지막으로 전처였었던 엘레니아를 보고 싶다는 생각이 들었다. 그래서 그녀의 영지로 밀서를 보냈고, 그녀는 밀서에 적힌 일시에 약속 장소로 나오게 되었던 것이다.

황도에서 그녀가 사는 곳까지는 대략 세 시간 거리, 여자가 오가기엔 결코 짧은 거리는 아니었다.

하지만 그녀는 레비로스에게 호감을 가지고 있었고, 그 호감으로 인해 그 먼 거리를 오갈 수 있었던 것이다.

엘레니아는 잔뜩 신이 난 표정으로 레비로스에게 물었다.

"그나저나 이제 우리는 어디로 가는 건가요?"

"가보면 알 것이오."

이윽고 레비로스는 마부석에 앉은 레피서에게 물었다.

"이보게. 영지에는 뭐라고 둘러댔나?"

"황궁에서 열렸던 간택의 피로연이 열린다고 했습니다."

"잘했네. 오늘 당장 집에 들어가지 않아도 된다는 소리군?"

"예, 그렇습니다. 혹시 몰라서 사나흘 정도 걸린다고 해두었으니 큰 문제는 없을 것입니다."

"그래, 잘 알겠네."

레비로스는 말을 맺는 동시에 자신의 품속에 갈무리하고 있던 지도를 꺼내어 그에게 내밀었다.

"이곳으로 마차를 몰아주게. 표시된 곳까지 가면 그때부터는 내가 알아서 마차를 몰겠네."

"예, 전하."

세 사람을 태운 마차는 대륙 동부로 달리기 시작했다.

* * *

레비로스는 무려 10년이 넘도록 떠돌이 용병으로 살아왔던 사람이기 때문에 대륙 구석구석에 무엇이 있는지 잘 알고 있었다. 해당 지역에 무슨 특산물이 있고 어떤 볼거리가 있는지 정확하게 알고 있었던 것이다.

그는 자신이 아는 가장 아름다운 경관을 그녀에게 보여주고 함께 그것을 감상하고 싶었다.

오늘 레비로스가 향하는 곳은 외딴 산채 마을로, 나르세우스에선 대략 이틀정도 걸리는 곳이었다.

어차피 영지에는 그녀가 피로연에 갔다고 해두었으니 나흘 정도는 큰 무리가 없을 터였다. 그렇게 레비로스는 다소 알려지지 않은 작은 산인 마키온 산으로 마차를 몰았다.

다그닥 다그닥.

어느 새 마부석에 나란히 앉은 세 사람, 레피서는 레비로스에게 오늘의 행선지에 대해 물었다.

"이곳이 대체 어디입니까?"

"좋은 곳일세. 내가 용병 생활을 하던 때에 발견한 마을이지. 아마 아는 사람도 그리 많지는 않을 걸세."

"그렇군요."

마키온 산은 해발 900m가량의 비교적 낮은 산으로, 특산물로는 민물고기로 만든 버터구이가 있다.

마을 사람들은 대부분 자급자족으로 생계를 꾸려나가며, 여행자를 위한 공간은 딱히 마련되지 않았다.

다만 이곳을 나간 젊은이들이 버리고 간 집이 남아 있기 때문에 그곳에서 숙식을 해결할 수 있다.

원래대로라면 집주인이 없는 남의 집에 들어가는 것은 범죄에 해당될 테지만, 이곳엔 딱히 집주인이라고 할 만한 사람이 없다. 어차피 이곳에 그들이 이주해 왔을 때엔 땅에 임자도 없었고, 정부의 영향력도 미치지 않았기 때문이다.

주인이 없는 땅에 말뚝을 박고 자신이 살 집을 지었고, 인근에 있던 공터를 경작하여 농사를 지었다.

이것이 바로 마키온 마을이 태어나게 된 모태인 것이다.

산의 초입에서 무려 두 시간 반을 달려 도착한 마키온 산의 꼭대기엔 수확이 한창인 사과 농장이 보였다. 그리고 그 주변으로 밀과 쌀을 수확하는 농부들도 간간히 보이는 것 같았다.

그녀는 신기하다는 눈초리로 마을을 둘러본다.

"우와… 세상에, 이런 마을이 있다니, 무슨 동화에 나오는 엘프들의 마을 같아요!"

"내가 처음 왔을 때엔 지금과 같은 풍성함은 없었소. 이곳은 가을만 되어도 농사를 짓기 힘들어서 겨울에는 마치 잠자는 마을과 같았거든."

"아아, 그렇군요!"

지금까지 줄곧 영지에만 틀어박혀 있었던 그녀에게 있어서 이번 여행은 마치 미지의 세계를 탐험하는 경험이 될 것이었다.

마차에서 내린 레비로스는 마을의 회관이 위치한 마키온 중앙가로 향했다.

마키온은 대략 12가구의 주민들이 거주하고 있는데, 마을 회관은 공공장터를 열어 물물교환을 하는데 사용했다.

하지만 평소에도 사람들이 쉼터로 사용했기 때문에 이곳에 가면 촌장을 만날 수 있을 것이다.

레비로스는 웃는 낯으로 사람들에게 다가간다.

"저, 말씀 좀 물을 수 있습니까?"

"무슨 일인가?"

자신을 낮추며 마을 사람들에게 다가간 그를 바라보며 레서피 준남작은 몸을 움찔거린다.

여차하면 마을을 도륙내기라도 하겠다는 기세였다.

그 역시 제국의 기사로서 황실에 충성을 맹세했기 때문에 레비로스가 홀대를 당하는 것을 달갑게 여길 리가 없었다. 하지만 레비로스는 그런 그에게 손을 내밀어 다가오지 말라고 말했다.

"…가만히 있게. 그녀의 여행을 망치고 싶지 않으면."

"하지만……."

"한때는 일상과도 같은 일이었네."

그제야 그는 우두커니 서서 레비로스를 가만히 바라보았지만, 그녀는 달랐다.

그녀는 아주 반짝거리는 눈으로 레비로스를 관찰하기 시작했다.

아무래도 그에 대한 호기심이 동한 것으로 보였다.

하지만 레비로스는 그런 그녀의 눈길을 느끼지 못한 채 말을 이어나간다.

"제가 저번에도 이곳에서 묵은 적이 있었는데, 아직도 그 집이 비어 있는지 궁금해서 찾아왔습니다."

"으음? 여행자인가?"

"예, 그렇습니다. 그때는 마법사 친구와 함께 왔었지요."

"아하! 그 똑똑한 청년들 말이군?!"

"하하, 똑똑하지는 않지만 그 청년들이 맞습니다."

"그래, 그래! 그때 농사를 도와줘서 우리 마을이 한고비를 넘겼었지."

"기억이 나신다니 다행이군요."

마을 사람들은 흔쾌히 레비로스에게 자물쇠의 열쇠를 건
넸다.

"자, 받게. 하도 산짐승이 들락거려서 잠가버렸거든."

"그렇군요. 감사합니다."

"감사는 무슨, 필요한 것이 있다면 말만 하게. 화려한 산해
진미는 못 해줘도 먹을 것은 제공해 주겠네."

"그런 호사를……. 그래도 됩니까?"

"허허, 호사랄 것이 뭐 있겠나? 그저 먹을 식량을 나누자는
것뿐인데."

"이런 산중에서 식량을 구한다는 것이 호사지요. 아무튼
감사합니다."

"그래, 가서 쉬게."

"예, 어르신."

이윽고 레비로스는 열쇠를 받아 나왔고, 엘레니아는 그런
그를 웃는 낯으로 바라본다.

레비로스는 그런 그녀를 바라보며 고개를 갸웃거린다.

"왜 그러시오?"

"아니요, 아무것도 아닙니다."

"으음, 그렇소?"

목표한 바를 이룬 레비로스는 다시 마차를 이끌고 마을 구석으로 이동했다.

＊　　　＊　　　＊

마을 구석에 있던 빈 집에는 여기저기 거미줄이 쳐져 있었는데, 레비로스는 손수 그것을 모두 다 떼어낸 후에 사람이 잘 수 있도록 잠자리를 마련했다.

"이정도면 당장 자는데 문제는 없을 것이오."

"우와, 이런 경험은 또 처음이군요!"

레피서는 황태자인 레비로스가 이런 산중 생활을 아주 능숙하게 준비하는 것을 보곤 화들짝 놀랐다.

기사인 자신도 이번처럼 야영을 제대로 해본 적이 없었기 때문이다.

"…대단하시군요. 소인도 이런 생활은 결코 하지 못했습니다."

"후후, 이런 것도 다 피와 살이 되는 것 아니겠나?"

레비로스는 자신이 마련한 침대에 그녀의 짐을 간단하게 풀어주곤 이내 활과 화살을 챙겼다.

그리곤 그녀의 손을 잡아 이끌어 밖으로 인도했다.

"갑시다. 내가 좋은 고기를 선물로 줄 테니."

"선물이요?"

"사냥을 갑시다. 아마 사냥을 나가서 움직이다 보면 좋은 경관도 찾게 될 테니 일석이조라는 생각이 들 것이오."

"어머, 정말요?! 와아! 저는 사냥은 처음이라서 긴장되네요!"

"별것은 없소. 그저 내가 화살로 사냥감을 잡으면 그것을 손질해서 신선한 고기를 얻어내는 것뿐이오. 잘못하면 지루할 수도 있는 일이기도 하오."

"아니요. 지루할 것 같지는 않네요."

두 사람이 밖으로 나가는 것을 바라본 레피서는 일단 반대의 의견을 펼치고 본다.

"전하, 아무리 여행이라곤 하지만 너무 위험한 일을 하시는 것은 아닌가 싶습니다."

"산이 위험해봐야 얼마나 위험하다고 그러는가?"

"전하께서야 인생의 많은 부분을 유랑 생활에 투자하셨지만 아가씨는 그렇지 않을 겁니다."

"흠……."

자신을 막는 레피서에게 그녀가 매섭게 일침을 가한다.

"그 말은 지금 전하께서 나를 위험으로 인도할 것이라는 소리야?"

"그, 그런 뜻이 아니라……."

"흥! 그럼 어째서 나의 여행을 망치려 하는 건데?"

"아, 아닙니다! 아가씨, 그런 것이 아니고⋯⋯."

레비로스는 흥분한 그녀의 어깨를 두드리며 말했다.

"진정하시오. 기사라면 응당 저렇게 하는 것이 맞소."

"하, 하지만⋯⋯."

그는 레피서를 바라보며 말했다.

"그럼 이렇게 하지. 마차를 타고 큰길로만 다니면서 사냥을 하는 걸세. 그러면서도 충분히 경관을 구경할 수 있을 테니까."

"흠, 그것이라면 좋겠군요."

"만약 사냥감이 정 없다면 내가 잠시 산을 타면 그만이니, 문제될 것은 없네. 어떤가?"

"예, 알겠습니다. 그런 조건이라면 여행을 해도 될 것 같습니다."

"그래, 그럼 그렇게 하자고."

이윽고 레비로스는 사냥에 필요한 장비를 마차에 실은 후 자신이 마부석 중앙에 앉았다.

그리곤 말고삐를 쥐며 말했다.

"마차는 내가 몰아도 되겠지? 자네는 그녀를 지켜주어야 할 것 아닌가?"

"하지만 계속해서 전하께서 마차를 몬다는 것은 기사로서 도저히 참을 수 없는 일인지라⋯⋯."

"때론 군주가 신하를 위해 말을 몰기도 하는 법이라네. 이것은 황제가 국가라는 마차를 직접 모는 마부인 것과 같은 이 치이지."

"그렇다면야……."

황제로 20년을 넘게 집권한 레비로스를 말로 이길 수 있는 사람은 아무도 없을 것이다.

그는 자신의 뜻대로 말을 몰아 사냥터로 향했다.

*   *   *

전생에 레비로스는 황비 엘레니아에게 꽃 한 송이 준 적이 없었던 무뚝뚝한 남편이었다. 그럼에도 불구하고 그녀는 끝까지 레비로스를 자신의 품에 안으며 묵묵히 긴 세월을 버텨냈다.

레비로스가 전생의 그녀와 밀회를 갖기로 한 것은 그때 다하지 못했던 남편노릇을 해주기 위함이었다.

아마도 이 세계선은 루야나드의 세계선이 하나로 합쳐지면서 이후 엘레니아는 이 일을 기억하지 못하게 될 것이다. 다만, 드래곤이나 레비로스 같은 특별한 존재만이 이전의 기억을 평생 간직하게 될 터였다.

그는 숲에 자생하고 있는 사슴을 쫓아 마차를 몰고 있었다.

다그닥 다그닥!

"이랴! 달려라!"

"와아, 빨라요! 이렇게 마차를 빠르게 달려본 적은 한 번도 없었어요!"

"원래 말은 이렇게 속도감 있게 타는 것이 제맛이오."

"그래요, 정말 그런 것 같아요!"

한껏 미소를 짓는 엘레니아를 보고 있자니 문득 과거의 그녀에게 미안함이 드는 레비로스였다. 그는 결혼생활을 하는 동안 그녀의 미소를 단 한 번도 본적이 없었다.

그나마 결혼을 하기 전에는 자주 미소를 지었던 그녀이지만, 황궁이라는 새장에 갇히고 나서부터는 웃음을 잃어버렸던 것이다. 그럼에도 불구하고 레비로스는 매일 밖으로 나돌며 여행자에 난봉꾼 짓을 하고 다녔다.

아마 그녀가 받았을 상실감과 고독함은 이루 말로 표현할 수 없었을 터였다.

'미안하구려……'

다시 한 번 그녀를 만나기 전으로 돌아가 제대로 된 남편으로의 도리를 다하고 싶었으나, 다신 그럴 수 없게 되었다.

만약 레비로스가 억지로 시간을 역행하게 되면 세계선은 다시 붕괴의 위기를 맞이하게 될 것이고, 그렇게 되면 루야나드는 더 이상 존재할 수 없을지도 모른다.

이제 지나간 시간은 그대로 묻어둘 수밖에 없다는 소리였다.

대신 그는 그녀와 함께하는 시간만큼은 최대한 다정한 사람으로 남고 싶었다. 이 기억은 사라지고 없을 테지만, 두 사람이 함께했던 시간은 사라지지 않을 것이기 때문이다.

그는 거칠게 마차를 몰다가 이내 자신의 곁을 스치는 수사슴을 발견했다.

파바밧!

"녀석, 찾았다!"

"와, 크다! 저런 녀석을 잡을 수 있나요?"

"물론이오. 아마 저놈을 잡는다면 마을이 오늘 포식할 수 있을지도 모르겠소."

레비로스는 이내 마차에서 활을 꺼내들었고, 힘껏 활시위를 먹였다.

꽈드드득!

제국군 궁병이 사용하는 그레이트 보우는 일반적인 활의 네 배가 넘는 사거리를 가지고 있다. 하지만 그만큼 그것에 사용하는 활과 화살의 무게도 만만치 않다.

대신 그레이트 보우는 원거리에서 사격했을 시엔 창검과는 비교할 수 없을 정도로 강력한 파괴력을 갖게 된다.

그는 빠르게 지나쳐 간 사슴의 목덜미에 활시위를 겨누곤, 이내 손을 놓았다.

피융!

퍼억!

"끼익…!"

"잡았다!"

이제 레비로스는 말을 멈추었고, 그대로 마차에서 말을 한 필 떼어내 주검이 되어가는 사슴에게로 달려갔다.

"후욱, 후욱……."

"아직 숨이 붙어 있군."

목에 화살을 맞은 사슴은 다신 살아날 수 없을 테니, 최대한 빨리 목숨을 끊어 고통을 덜어주는 것이 좋았다.

레비로스는 사슴의 숨통을 끊어버린 후에 그 주검을 거대한 포대에 집어넣었다.

그는 그녀를 배려하는 마음에서 조금 수고스러운 과정을 거친 것이었다.

포대를 타고 흘러내릴 피는 어쩔 수 없겠으나, 최소한 사슴이 죽어버린 현장을 그대로 보는 일은 없을 터였다.

이윽고 다시 마차로 돌아갔을 때, 그녀는 두 눈을 손으로 가린 채 레비로스를 맞는다.

"자, 잡으셨나요?"

"하하, 괜찮소. 내가 놈을 포대에 잘 집어넣었소. 끔찍한 광경은 목격하지 않아도 될 것이오."

"아아, 그렇군요! 난 또……."

레비로스는 그녀가 마음이 약하고 여성스러운 사람이라는

것을 익히 잘 알고 있다. 과거의 그녀가 그토록 딱딱하고 칼 같은 성격이 된 것은 모두 황후의 자리에 오래 앉아 있었기 때 문이었다. 만약 이대로 평범한 남자와 결혼한다면 결코 성격 이 변하는 일은 없을 것이다.

오랜만에 여성스러운 그녀의 모습을 발견한 레비로스는 기쁜 마음으로 다시 숙소로 돌아가기로 했다.

*　　*　　*

레비로스는 카미엘보다 두뇌 회전은 느리지만 오감이 발 달했다.

운동신경은 물론이고 후각과 청각, 시각과 미각, 촉각까지 극도로 발달해 있어 거의 모든 분야에 능통할 수 있었다.

심지어 그는 황제의 신분임에도 불구하고 시녀들보다 훨 씬 요리를 잘할 정도로 손재주가 좋은 사람이었다.

만약 그런 그가 신선한 재료와 고기를 얻는다면, 필시 감탄 을 금치 못할 요리가 탄생할 터였다.

레비로스는 오늘 잡은 사슴을 손질하여 살을 발라냈고, 내 장은 따로 빼내어 소시지를 만들기로 했다.

그는 자신이 직접 발라낸 살을 참나무 숯을 이용해 익혔고, 숙소로 마을 사람들을 모두 다 초대했다.

얼마 안 되는 사람들로 구성된 마을이지만 마실 것만큼은 중형 마을과 견주어도 손색이 없을 정도로 풍성한 마키온 마을이다.

레비로스의 숙소를 찾은 마을 사람들은 모두 하나같이 작은 드럼통을 어깨에 짊어지고 있었다.

"하하, 자네, 아주 실한 놈을 잡았군 그래!"

"운이 좋았지요."

"오늘은 내가 특별히 20년 묵은 포도주를 개봉하겠네! 참고로 이건 내가 직접 키운 포도로 담근 것이지."

"오오, 좋지요! 감사합니다."

"감사는 무슨, 오랜만에 이렇게 잘 구워진 사슴 고기를 먹을 생각을 하니 흥분이 될 정도인데."

"그렇다면 잘 오신 겁니다."

그는 총 12명의 마을 사람을 불러놓고 푸짐하게 차려진 사슴 고기와 소시지를 나누어주었다.

"마음껏 드십시오. 술로 내신 고기값은 다 빼고 가셔야지요."

"하하, 그래, 그래!"

호탕하게 웃는 산사람들 속에서 엘레니아는 좀처럼 적응이 되지 않는 듯, 어색한 표정으로 앉아 있었다.

이에, 레비로스는 그녀에게 특별한 선물을 하나 더 선사하기로 결심했다.

디리링!

그는 마을에서 구한 기타를 가지고 음악을 연주하기 시작했다.

딩가 딩가!

"오오, 좋군! 꽤나 흥겹게 잘 치는데?"

"저번에도 저 청년들이 마을 축제를 도와주었던 것 같은데, 이제야 기억이 나는군."

풍류를 즐기는 사람들에게 음악은 빠질 수 없는 덕목.

레비로스와 카미엘은 기타와 바이올린을 아주 제대로 다뤘다. 지구와 루야나드의 공통점 중 하나로 현악기나 타악기들이 전부 똑같은 구조를 가지고 있었기 때문이다. 심지어 기타와 바이올린은 이름과 발음까지 다 같았다.

레비로스는 자신이 지구에서 배워온 노래를 독특한 주법으로 연주했다.

"Well you done done me and you bet I felt it~"

그는 막간에 들었던 어떤 가수의 노래 가사를 기억해내어 원곡 그대로 노래와 함께 연주했다.

그러자, 마을 사람들은 흥겨움에 빠져 각자 칠 수 있는 악기를 가지고 그의 흥을 맞추기 시작했다.

빠바바밤!

어떤 사람은 바이올린, 어떤 사람은 피리를 불며 자연스럽게 레비로스의 박자에 녹아들었다.

비록 전문적인 음악인들은 아니었지만 팍팍한 일생을 음악 하나로 버텨온 그들은 상당히 흥겨운 리듬을 만들어냈다.

레비로스는 그녀를 바라보며 노래를 불러주었고, 뜻을 알 수 없음에도 불구하고 그녀는 함박웃음을 지었다.

전생에 레비로스는 꽃 한 송이, 노래 한 소절 불러준 적이 없는 사람이었다. 이번 기회로 그는 자신이 해주지 못했던 로맨틱한 이벤트를 제대로 해줄 생각이었던 것이다.

귀족으로선 이렇게 흥겹고 자유로운 분위기를 만끽할 수 없었을 것이며, 앞으로도 그녀는 이런 잔치를 즐길 수 없을 것이다. 레비로스는 최선을 다하여 노래를 불렀고, 그녀는 마을 사람들과 함께 섞여 최고의 밤을 보내고 있었다.

*   *   *

늦은 밤, 거나하게 취한 마을 사람들이 하나둘 자신의 집으로 돌아가기 시작했다.

"딸꾹! 덕분에 오늘 잘 놀았네!"

"별말씀을요. 저희야말로 어르신들 덕분에 좋은 술 얻어 마실 수 있어서 좋았습니다."

"그래, 그래! 다음에 또 보세!"

그들은 레비로스가 이곳에서 머물던 그렇지 않던 크게 신경 쓰지 않는 것 같았다.

어차피 남을 사람은 말려도 남을 것이고 떠날 사람은 세상이 두 쪽이 나도 떠난다는 것을 잘 알고 있었던 것이다.

레비로스 역시 오늘을 좋은 추억으로 여길 터였지만, 엘레니아는 그렇지 않은 모양이었다.

"…이곳에서 살고 싶네요."

"하지만 그랬다간 영지가 발칵 뒤집히고 말 것이오. 원래 아쉬울 때 돌아서는 것이 가장 아름다운 법이오. 박수 칠 때 떠나라는 말도 있지 않소?"

"그렇군요……."

아마도 그녀는 평생 오늘과 같은 자유를 갈망하면서 살아왔던 것인지도 모른다.

레비로스는 그런 그녀에게 마지막 선물을 주기로 한다.

"이보시오, 엘레니아."

"네?"

"혹시 수영이라는 것을 해본 적이 있소?"

"수영이요? 물에서 하는 것 말인가요?"

"그렇소. 혹시 수영을 할 줄 아시오?"

그녀는 고개를 가로젓는다.

"아니요. 저는 물에 들어가 본 적이 한 번도 없어요. 하지만 한 번쯤 들어가고 싶었지요."

"그럼 나와 함께 물에 들어가 보지 않겠소?"

"무, 물에요?"

"내가 수영을 가르쳐 주겠소. 이 더운 날씨에 술까지 마셨으니, 몸이 달아올랐을 것 아니오? 그것을 차갑게 식혀줄 것이오."

레비로스는 가끔 해적을 토벌하는 선단의 용병으로 활약하기도 했는데, 그때 배운 바다 수영은 꽤나 유용하게 쓰였다.

오늘은 그녀에게 평생 해보지 못 한 수영을 가르쳐 주기로 마음을 먹었던 것이다.

그러나 그녀는 조금 망설이는 표정을 짓는다.

"레피서 준남작이 알면 가만히 있지 않을 텐데……."

"뭐 어떻소? 그는 이미 술에 취해 잠이 들어버렸는데."

레비로스는 자신의 바로 옆에 누워 잠이 들어버린 레피서 준남작의 볼을 간질여본다.

슥삭, 슥삭—

"으음… 쿠울……."

여전히 잘 자는 레피서의 모습에 레비로스는 슬그머니 미소를 지었다.

"어떻소? 이 덩치 큰 곰탱이가 일어나지 않는 것을 보면 별다른 문제가 일어나진 않을 거요."

"하지만……."

"원래 자유는 이럴 때 만끽하라고 있는 것이오."

잠시 망설이던 그녀는 이내 결심했다는 듯이 자리에서 일어섰다.

"좋아요! 전하께서 저를 이끄신다면 당연히 자유를 만끽해야지요!"

"하하, 잘 선택한 것이오."

레비로스는 그녀의 손을 잡고 마키온 산자락에 있는 호숫가로 향했다.

*   *   *

늦은 밤, 레비로스와 엘레니아는 보름달 아래 수영을 즐기고 있었다.

촤락 촤락—

수영을 못하는 엘레니아를 위해서 레비로스는 일부러 수심이 낮은 곳으로 물놀이 장소를 정했다.

그녀는 사슴의 창자로 만든 튜브를 허리에 매단 채 물 위를 유영하고 있었다.

"와아, 이런 방법이 다 있었다니!"

"그렇게 하면 물에 빠질 염려도 없고 수영도 금방 배울 것이오."

"신나요! 물에서 노는 것이 이렇게 즐거운 것이라니, 상상도 하지 못했어요!"

"후후, 그렇소?"

그는 지금껏 보아왔던 그녀의 미소 중에서 오늘의 천진난만한 미소가 가장 마음에 들었다.

만약 지금 카메라가 있다면 그녀의 모습을 평생 간직하고 싶을 정도였다.

그녀와 함께 물에 들어가 한밤의 물놀이를 즐기고 있던 바로 그때, 레비로스는 전혀 예상치도 못했던 상황과 마주했다.

"전하……."

"에, 엘레니아?"

한창 물놀이를 즐기고 있던 엘레니아가 그에게 다가와 덥석 손을 잡더니, 이내 살며시 눈을 감는 것이 아닌가?

이런 상황이 처음은 아니었지만, 상대방이 전처인 엘레니아라는 것에 상당히 놀라울 뿐인 레비로스다.

'어쩌지?'

이미 몸은 그녀를 안으라고 아우성을 치고 있었지만, 이성은 그의 감성을 제어하고 있었다.

하지만 그렇다고 지금 그녀를 거부한다면 엘레니아가 크나큰 상처를 입고 말 것이었다.

깊은 고민에 빠진 레비로스, 하지만 고민하던 그와는 다르게 엘레니아는 그런 그를 자신의 마음대로 공략하기로 했다.

"죄송해요! 불경을 용서하세요!"

"후웁!"

그녀는 터프하게 레비로스를 덮쳐버렸고, 레비로스는 못 이기는 척 그녀를 받아주기로 했다.

레비로스와 그녀는 격정적으로 서로를 탐닉하기 시작했고, 레비로스는 오랜만에 느끼는 그녀의 채취에 정신이 나갈 것만 같았다.

'그래, 이 느낌이었어……'

익숙하지만 편안하고 기분이 좋아지는 그녀의 채취와 온기는 레비로스의 이성을 완벽하게 앗아가 버렸다.

두 사람은 마차를 침대 삼아 몸을 섞었고, 그녀는 처음으로 몸과 마음을 준 레비로스에게 사랑을 고백한다.

"사랑해요, 전하……."

"나도 사랑하오."

지금까지 단 한 번도 하지 못했던 사랑 고백을 다신 돌이킬 수 없는 이별 앞에서 해버린 레비로스였다.

*　　　*　　　*

지구로 떠나기 전, 레비로스는 이제 슬슬 자신의 주변을 정리하고 있었다.

다시 만날 친구인 카미엘에게도 작별을 고했고, 아버지 유안투스에게도 에둘러 마지막 인사를 건넸다.

늦은 밤, 소중한 사람들에게 작별을 고한 레비로스였지만 통 잠을 이루지 못하고 있었다.

"후우……."

마지막으로 그녀에게 작별의 인사를 건네지 못했기 때문이었다.

침울한 표정으로 책상에 앉아 있던 레비로스에게 불현듯 흰색 비둘기 한 마리가 날아왔다.

푸다다다다닥!

그리곤 레비로스에게 다가와 고개를 비비기 시작한다.

"구구구!"

"비둘기? 아니, 전서구?"

전서구는 자신이 갈 목적지에 도착하면 편지의 채취가 묻은 사람에게 몸을 비비곤 한다.

아마도 이 편지는 레비로스에게 보내진 것 같았다. 그는 전서구 발목에 감겨 있던 편지를 꺼내어 읽어보기로 했다.

침소 아래.

편지에는 이렇게 딱 한 줄의 글귀만 적혀 있었고, 레비로스
는 바로 고개를 내밀어 처소 아래를 바라보았다.

그러자, 검은색 로브를 뒤집어 쓴 그녀가 레비로스를 올려
다보고 있었다.

"전하……!"

"에, 엘레니아?!"

과연 그녀가 이곳까지 어떻게 온 것인지는 몰라도 분명 그
녀는 레비로스를 만나기 위해 일부러 위험한 여정을 했을 것
이었다. 레비로스는 당장 몸을 날려 처소 아래에 있던 그녀에
게로 향했다.

"어, 어멋……!"

단숨에 떨어져 내린 레비로스는 이내 그녀를 품에 안았다.

"엘레니아!"

"전하!"

두 사람은 다시 입술을 맞추며 사랑을 확인했고, 레비로스
는 끝내 눈물을 흘렸다.

"…미안하오."

"괜찮아요. 당신을 기다리는 일이라면 1년이든 100년이든
상관없으니까요."

레비로스는 그녀를 안은 채 다짐했다.

"내, 다시 그대를 찾을 것이오! 목숨을 버리든 몸이 타들어

가든 좋소. 꼭 그대를 찾을 것이오!"

"부디, 그렇게 해주세요. 당신과 함께라면 지옥 끝까지라도 달려가겠어요."

그는 자신의 손에 끼워져 있던 대천사의 반지를 건넸다.

"이것을 가지고 있도록 하시오. 그 어떤 누구에게도 **빼앗겨선** 안 되며, 한 순간도 몸에서 놓지 마시오."

"알겠어요."

이윽고 그녀 역시 자신의 목에 걸려 있던 목걸이를 풀어 레비로스의 팔목에 둘둘 말아 감아주었다.

"이것으로 나를 기억해 주세요."

"물론이오. 다시 돌아올 때까지 부디 건강하시오."

"네……."

두 사람은 다시 입을 맞추며 아쉬운 이별을 마무리 했다.

*   *   *

다음 날, 레비로스는 아나베르스와 함께 그의 둥지로 향하고 있다. 그는 거대한 눈동자로 레비로스를 바라보며 말했다.

"얼굴이 별로 좋아보이지는 않는군. 전투를 치를 생각에 긴장한 건가?"

"아닙니다. 두고 온 여자가 있어서 그렇습니다."

"아아, 전처라던 그 여자 말인가?"

"예."

두 사람은 3만 년이라는 나이 차를 극복하고 마음속에 있는 말을 주고받을 수 있는 친구가 되었다.

그는 레비로스에게 진심으로 조언을 해주었다.

"간절히 원하는 것은 반드시 이뤄지게 되어 있네."

"…그럴까요?"

"만약 불가능하다면 내가 무슨 수를 써서라도 이뤄주겠네. 그러니 너무 걱정하지 말게."

"감사합니다."

"별말씀을."

드래곤은 의리를 목숨보다 중요하게 여기는 종족이니 아나베르스는 정말로 답을 찾을 것이다. 레비로스는 그런 그의 손에 앉아 멀어지는 엘레니아의 성을 바라보고 있었다.

외전 끝

초대형 24시 만화방

신간 100%, 샤워실, 흡연실, 수면실(침대석), 커플석, 세탁기 완비

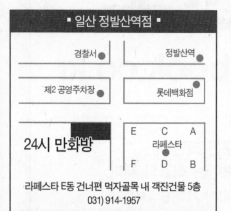

■ 일산 정발산역점 ■

경찰서 / 정발산역 / 제2 공영주차장 / 롯데백화점 / 24시 만화방 / 라페스타 (E C A / F D B)

라페스타 E동 건너편 먹자골목 내 객잔건물 5층
031) 914-1957

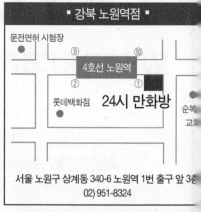

■ 강북 노원역점 ■

운전면허 시험장 / ⑨ ⑩ / 4호선 노원역 / ② ① / 롯데백화점 / 24시 만화방 / 순복 교회

서울 노원구 상계동 340-6 노원역 1번 출구 앞 3층
02) 951-8324

■ 부천 역곡역점 ■

역곡역(가톨릭대) / CGV / 역곡남부역 사거리 / 24시 만화방 / 홈플러스 / 삼성 디지털프라자

역곡남부역 기업은행 건물 3층
032) 665-5525

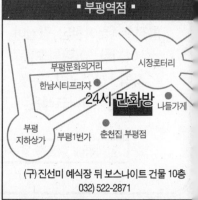

■ 부평역점 ■

부평문화의거리 / 시장로터리 / 한남시티프라자 / 24시 만화방 / 나들가게 / 부평 지하상가 / 부평1번가 / 춘천집 부평점

(구)진선미 예식장 뒤 보스나이트 건물 10층
032) 522-2871

FUSION FANTASTIC STORY

미더라 장편 소설

ODD LAWYER

Devil's Balance

괴짜 변호사
악마의 저울

『즐거운 인생』 미더라 작가의
2015년 대작!

현직 변호사, 형사, 프로파일러, 범죄심리학 전문가 자문으로
현장의 생생함을 그대로 담아낸 현대 판타지!

『괴짜 변호사 : 악마의 저울』

"제가 왜 한 번도 패소한 적이 없는 줄 아십니까?"

"……"

"저는 법으로만 싸우지 않거든요."

법의 칼날 위에서 춤추는 자들과의
치열한 공방이 펼쳐진다!

Book Publishing CHUNGEORAM

유행이 아닌 자유추구 -
WWW.chungeoram.com

현대 소환술사

THE MODERN SUMMONER

FUSION FANTASTIC STORY

현윤 퓨전 판타지 소설

하늘이 무너져도 솟아날 구멍은 있다!

드래곤의 실험으로 모진 고난을 겪어야 했던 레비로스!
우여곡절 끝에 소환술사가 되어 최강의 자리에 오르지만
운명은 그를 나락으로 떨어뜨린다.

『현대 소환술사』

다시 한 번 주어진 삶!
그러나 그마저도 암울하기 그지없는데……

소환술사 레비로스의
인생 역전이 시작된다!

Book Publishing CHUNGEORAM

박선우 장편 소설
FUSION FANTASTIC STORY

PERFECT GAME
퍼펙트 게임

고통과 좌절의 시간들을 뛰어넘어
불사조처럼 일어나 세계를 제패한 사나이의 일대기.

대한민국을 넘어 메이저리그를 평정하며
명예의 전당에 헌정된 언터처블 투수, 이강찬.

강철 같은 어깨에서 뿜어져 나오는 그의 패스트볼은
무적이었으며 야구계에 길이 남을 **신화**였다.

야구만을 사랑했던 고독한 사나이.
그의 *퍼펙트게임*이 이제 시작된다!

Book Publishing CHUNGEORAM

가프 장편 소설

관상왕의
1번룸

FUSION FANTASTIC STORY

거대한 도시의 그늘에서 벌어지는
짜릿하고 통쾌한 이야기!

『관상왕의 1번룸』

텐프로의 진상 처리 담당, 홍 부장.
절망적인 삶의 끝에서 만난 남국의 바다는
그를 새로운 인생으로 인도하는데…….

쾌락을 원하는 거부, 성공에 목마른 사업가,
그리고 실패로 절망한 사람들이여.

여기, 관상왕의 1번룸으로 오라!

Book Publishing CHUNGEORAM

유행이 아닌 자유추구 -
WWW.chungeoram.com

현대 소환술사

THE MODERN SUMMONER

FUSION FANTASTIC STORY

현윤 퓨전 판타지 소설

하늘이 무너져도 솟아날 구멍은 있다!

드래곤의 실험으로 모진 고난을 겪어야 했던 레비로스!
우여곡절 끝에 소환술사가 되어 최강의 자리에 오르지만
운명은 그를 나락으로 떨어뜨린다.

『현대 소환술사』

다시 한 번 주어진 삶!
그러나 그마저도 암울하기 그지없는데…….

소환술사 레비로스의
인생 역전이 시작된다!

Book Publishing CHUNGEORAM